WISHBOOKS MODERN FANTASY STORY

세상S 장편소설

뜨겁게 던져라

뜨겁게 던져라 3

세상S 장편소설

초판 1쇄 찍은 날 | 2017년 11월 9일
초판 1쇄 펴낸 날 | 2017년 11월 16일

지은이 | 세상S
펴낸이 | 예경원

기획 | 위시북스
편집책임 | 이규재
편집 | 이즈플러스

펴낸곳 | 예원북스
등록번호 | 제396-2012-000132호
등록일자 | 2012. 7. 25
KFN | 제1-175호

주소 | 경기도 고양시 일산동구 호수로 646-24 위너스21 II 빌딩 206A호 (우)10401
전화 | 031-819-9431 팩스 | 031-817-9432
E-mail | yewonbooks@naver.com

ISBN 979-11-6098-610-5 04810
979-11-6098-591-7 (set)

※ 이 도서의 국립중앙도서관 출판시도서목록(CIP)은 서지정보유통지원시스템 홈페이지(http://seoji.nl.go.kr)와 국가자료공동목록시스템(http://www.nl.go.kr/kolisnet)에서 이용하실 수 있습니다.

WISHBOOKS MODERN FANTASY STORY

세상S 장편소설

뜨겁게 던져라

3

- 세계의 벽 -

Wish Books

뜨겁게
던져라

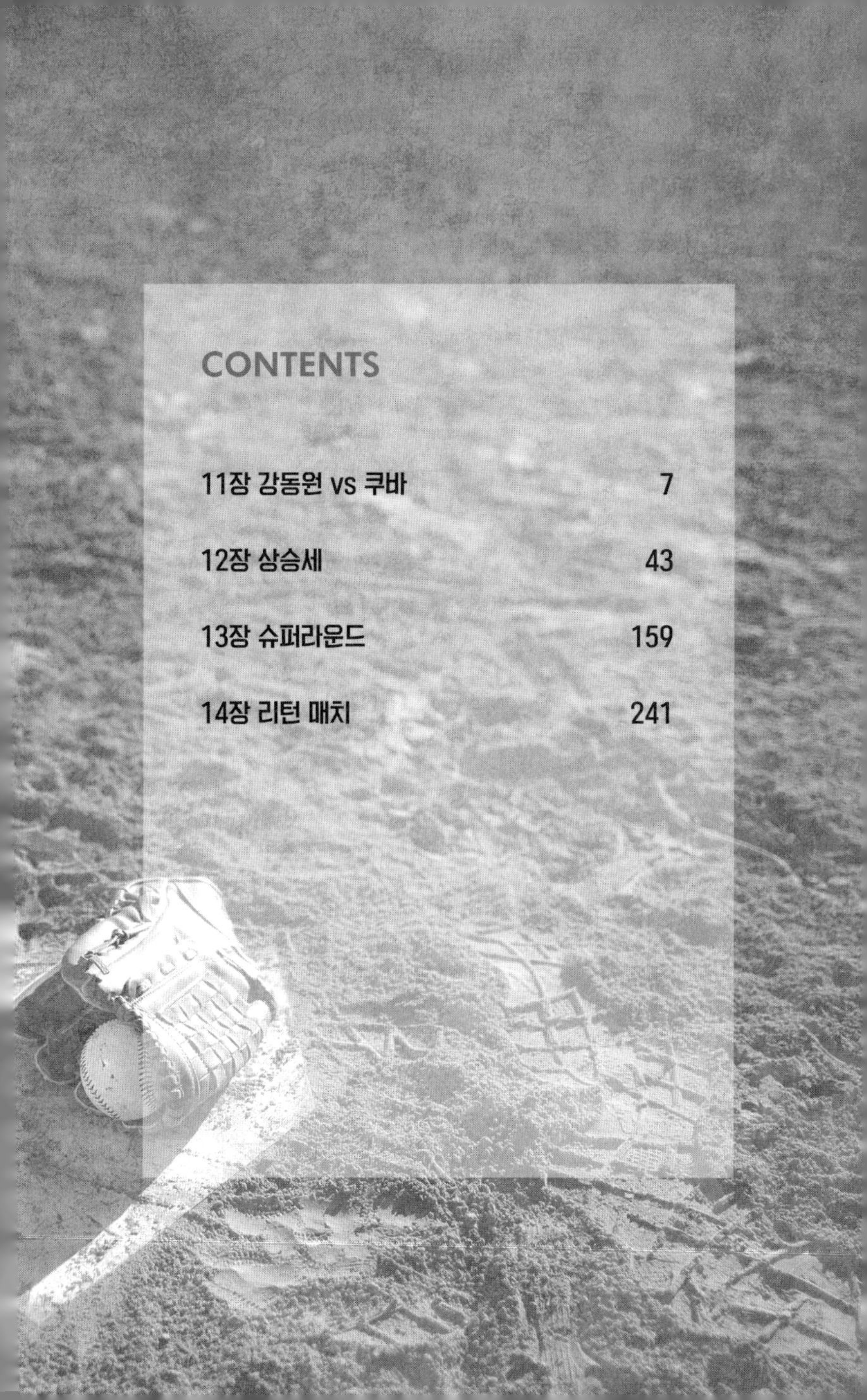

CONTENTS

11장
강동원 vs 쿠바

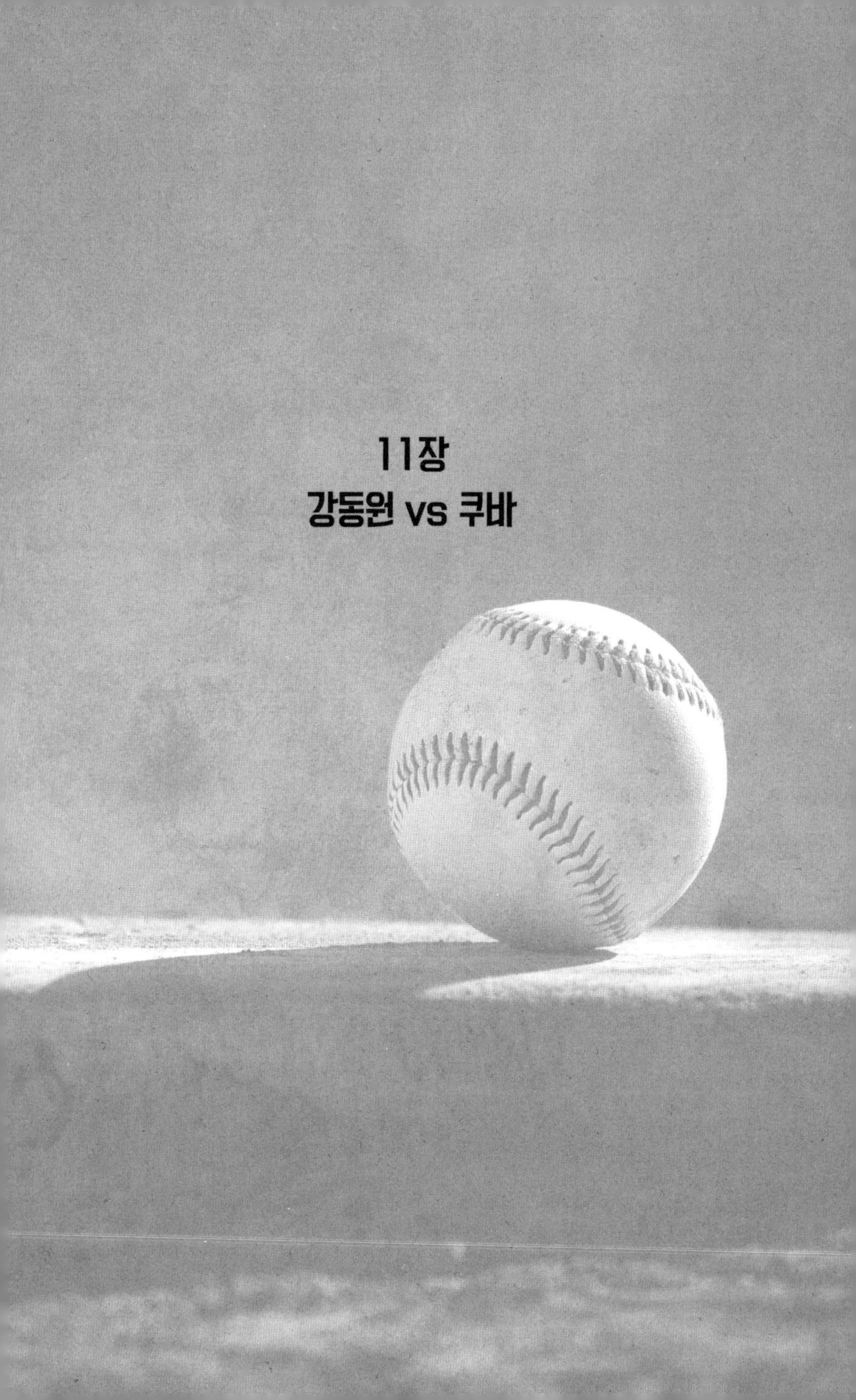

1

4회 말.

전광판의 스코어는 1 대 0이었다.

안타 하나면 동점이 되는 상황.

쿠바 대표 팀의 4번 타자 다니엘 모레아는 느린 걸음으로 왼쪽 타석에 들어섰다. 앞선 타석에서처럼 호락호락 물러나진 않겠다며 매서운 눈으로 강동원을 노려봤다.

그 분위기가 심상치 않다고 느낀 것일까.

김운식 감독이 타임을 요청했다. 그러고는 김성식 투수 코치를 마운드에 올렸다.

김성식 코치는 감독이라도 되는 것처럼 포수와 내야수들을 전부 마운드로 불러 모았다. 그리고 강동원을 바라보며 물었다.

"컨디션 어때?"

"괜찮은데요."

"좋아. 그렇다면 이제부터 내가 하는 말 잘 들어라. 한 점 차야. 게다가 쿠바의 4번 타자고. 그러니까 정면 승부하면 안 된다. 알았지? 어렵게 리드 잡았는데 여기서 큰 거 맞으면 경기의 흐름이 완전히 넘어가 버려. 거를 수 있으면 거르고, 아니면 좋은 공은 주지 마."

김성식 코치가 다소 냉정하게 말했다. 대표 팀 코치로 합류하긴 했지만 김성식 코치는 원래 광운 고등학교 감독이었다. 그러다 보니 강동원의 사기보다는 경기 결과를 우선해 생각할 수밖에 없었다.

"네, 알겠습니다."

강동원은 일단 고개를 끄덕이며 대답했다.

그러자 김성식 코치가 고개를 돌려 내야 수비수들을 단속했다.

"석진이랑 원진이는 혹시 모르니까 번트 플레이에 대비하고. 알았지?"

"네, 알겠습니다."

1루수 하석진과 3루수 최원진이 동시에 고개를 끄덕였다.

하지만 강동원은 물론이고 포수 박상현은 김성식 코치의 주문이 잘 이해가 가지 않았다.

원 아웃도 아니고 투 아웃이었다. 쿠바 대표 팀의 4번 타자가 이 상황에서 기습 번트를 시도할 것이라는 생각은 들지 않았다.

하지만 김성식 코치는 만에 하나를 강조하며 선수들을 한참 동안이나 닦달했다.

'분명 작전을 걸어올 거야, 분명.'

마운드를 내려가며 김성식 코치가 쿠바 더그아웃을 힐끔 바라봤다. 한국 대표 팀이 먼저 작전을 걸어 점수를 뽑아냈으니 쿠바 대표 팀도 가만있지 않을 거라 여겼다.

그러나 코랄 쿠바 대표 팀 감독은 모든 걸 다니엘 모레아에게 맡긴 상태였다.

"다니엘! 큰 거 한 방만 날리라고. 너라면 충분히 때려낼 수 있어!"

코랄 감독은 여기서 동점을 만들 생각이 전혀 없었다. 4번 타자 다니엘 모레아 앞에서 득점 기회가 걸렸으니 이참에 경기를 뒤집고 싶은 욕심이 가득했다.

헛바람이 든 건 다니엘 모레아도 마찬가지였다.

'커브든 포심 패스트볼이든 어디 맘대로 던져 봐! 전부 넘

겨 버릴 테니까.'

다니엘 모레아가 앞선 타석보다 더욱 힘껏 방망이를 뒤로 젖혔다.

그 모습을 힐끔 본 박상현도 자연스럽게 심상치 않은 분위기를 감지했다.

'정면 승부는 위험해.'

박상현은 일단 초구를 바깥쪽으로 빠지는 포심 패스트볼로 요구했다.

'동원아, 일단 반응을 지켜보자.'

사인을 확인한 강동원이 살짝 고개를 까닥거린 뒤 투구판을 밟았다. 슬쩍 고개를 돌려 주자를 묶으면서 글러브 안에서 포심 패스트볼의 그립을 잡았다.

2루 주자 로메 산토스는 크게 리드하지 않은 채 거의 베이스에 붙어 서 있었다. 마치 다니엘 모레아의 홈런이 터져 나와서 홈까지 천천히 걸어 들어갈 것이라고 믿고 있는 듯했다.

덕분에 강동원도 마음 편히 공을 던질 수 있었다.

후앗!

강동원의 손끝을 빠져나간 공이 한복판을 가로질러 바깥쪽으로 파고들었다.

하지만 다니엘 모레아는 제자리에 서서 눈 하나 까딱하지 않았다.

'뭐지? 공을 거른 건가? 아니면 다른 공을 기다리는 건가?'

초구를 통해 아무런 정보도 얻지 못하자 박상현은 머릿속이 복잡해졌다.

하지만 강동원은 그럴 줄 알았다며 고개를 주억거렸다. 그러고는 느긋하게 마운드 뒤쪽으로 내려가 로진백을 주물렀다.

후우-!

손에 묻은 로진 가루를 가볍게 불어내며 강동원이 다시 마운드에 올랐다.

그러자 다니엘 모레아가 더욱 강렬한 눈빛으로 강동원을 노려보았다. 강동원으로 하여금 정면 승부를 하라는 강한 신호였다.

'뭘 저렇게까지 째려봐?'

강동원은 그저 어이가 없었다. 타자가 원한다고 해서 타자가 원하는 방식으로 승부를 걸어주는 투수는 이 세상에 없다. 자신이 원하는 공을 던져 주지 않는다고 투정을 부릴 거면 피칭 머신을 가져다 놓고 상대하는 편이 나았다.

다니엘 모레아를 무시한 채 강동원이 박상현을 바라봤다.

그러자 박상현이 조심스럽게 손가락을 움직였다.

2구 사인도 역시 바깥쪽 포심 패스트볼이었다.

하지만 초구와는 달리 라인에 아슬아슬하게 걸치는 그런

공을 원했다.

'이제 스트라이크를 잡을 차례야.'

박상현이 미트를 척 하고 들어 올렸다.

'그렇지 않아도 기다리고 있었어.'

강동원이 씩 웃으며 다시 포심 패스트볼 그립을 쥐었다. 그러고는 공을 힘차게 내던졌다.

후앗!

강동원의 손을 빠져나간 공이 바깥쪽으로 날카롭게 파고 들었다.

그 순간.

따악!

다니엘 모레아가 기다렸다는 듯이 방망이를 휘돌렸다.

'젠장!'

강동원의 고개가 빠르게 돌아갔다. 포수 박상현도 마스크를 벗어 던지며 자리에서 일어났다. 대한민국 더그아웃과 쿠바 더그아웃의 선수들이 동시에 일어나 타구를 좇았다.

하지만 1루 파울라인을 따라 날아가던 타구는 마지막 순간에 폴대 밖으로 벗어나 버렸다.

파울 홈런.

대한민국 더그아웃에서는 안도의 한숨이, 쿠바 더그아웃에서는 탄식이 흘러나왔다.

"후우……."

강동원도 놀란 가슴을 쓸어내렸다. 살짝 타이밍이 늦었으니 망정이지 제대로 걸렸다면 홈런이 됐을지도 모를 타구였다.

포수 박상현도 안도의 한숨을 내쉬며 자리에 앉았다.

반면 다니엘 모레아는 방망이로 스파이크를 툭툭 건드리며 희미하게 웃었다. 마치 강동원과의 기싸움에서 승리라도 한 것처럼 굴었다.

그 모습에 강동원도 자존심이 상했다.

'젠장, 저 자식이!'

마음 같아선 한복판에 포심 패스트볼을 던져서 다니엘 모레아를 찍어 누르고 싶었다.

하지만 스코어링 포지션에 주자가 나가 있고 세트 포지션에서 공을 던져야 하는 만큼 위험한 승부는 피할 수밖에 없었다.

'일단 볼카운트부터 유리하게 만들어 보자.'

강동원이 흥분을 가라앉히듯 길게 숨을 내쉬었다.

박상현도 강동원의 의도를 파악하고 3구째를 바깥쪽으로 흘러나가는 슬라이더를 요구했다.

강동원이 가볍게 고개를 끄덕인 후 투구판을 밟았다. 이제는 2루 주자는 신경도 쓰지 않았다. 그렇다고 아예 와인드업 포지션으로 공을 던질 수는 없겠지만 뛸 생각이 없는 상대를 굳이 신경 쓴다는 것도 웃긴 일이었다.

슬라이더 그립을 단단히 움켜쥔 뒤 강동원이 다시금 힘껏 공을 던졌다.

후앗!

공은 빠르게 날아가다가 홈 플레이트 앞에서 꺾이며 바깥으로 빠져나갔다. 그 공을 바라보던 다니엘 모레아의 방망이가 움찔했지만 애석하게도 나가지는 않았다.

'쳇, 잘도 참아내네.'

박상현에게 공을 돌려받은 강동원이 힐끔 전광판을 확인했다.

녹색 램프 2개와 노란색 램프 1개가 들어와 있었다.

1스트라이크 2볼.

볼카운트가 몰린 상황에서 강동원이 던질 수 있는 공은 그리 많지 않았다.

'자, 이제 어쩔 수 없이 커브를 던지겠지. 그래, 어서 던져보라고. 그 잘난 커브를 말이야!'

다니엘 모레아가 실실 웃으며 방망이를 움켜쥐었다.

처음 타석에 들어섰을 때부터 다니엘 모레아는 강동원의 커브를 잡아 당겨 담장 밖으로 넘기고 싶다는 충동에 사로잡혀 있었다. 강동원이 별것도 아닌 커브로 쿠바 타자들을 농락하고 있다는 사실에 단단히 자존심이 상했기 때문이다.

득점 기회에서 4번 타자인 자신이 할 수 있는 최상의 복수는 상대 팀 에이스 투수가 던지는 가장 자신 있는 공을 때려 홈런을 만드는 것이었다. 그렇게 된다면 상대 팀은 속절없이 무너질 것이라고 생각을 했다.

'자! 어서 던져 봐. 우주 끝까지 날려주마!'

다니엘 모레아의 눈빛이 날카롭게 변했다.

그러는 동안 강동원은 박상현의 사인을 받았다.

강동원도 이쯤 되면 커브 사인이 나올 거라 여겼다. 그래서 일찌감치 커브 그립까지 쥐고 있었다.

그런데 정작 박상현은 커브 대신 포심 패스트볼을 요구했다.

'뭐야? 또 포심을 던지라고?'

강동원이 고개를 가로저었다.

포심 패스트볼–포심 패스트볼–슬라이더.

3구 연속 빠른 계열의 공을 던졌다. 여기서 또다시 포심 패스트볼을 던지는 건 무리였다.

그러자 박상현의 얼굴이 난감하게 변했다. 강동원이 원하는 것은 커브였다. 그리고 타석에 서 있는 다니엘 모레아도 커브를 노리고 있었다.

다른 투수 같았다면 박상현은 끝까지 포심 패스트볼을 고집했을 것이다.

하지만 강동원은 달랐다. 실질적인 청소년 대표 팀의 에이스였다. 고작 이 정도 위기에서 기를 죽인다면 다음 경기 때 호투를 기대하기 어려울 것 같았다.

'야, 강동원! 너 정말 정면으로 승부할 거야?'

'당연하지!'

'그러다 맞으면 어떻게 하려고?'

'안 맞아! 걱정 마!'

'하아. 그래, 어디 네 맘대로 해봐라.'

고심하던 포수 박상현이 끝내 커브 사인을 보냈다. 그것을 확인한 강동원이 크게 고개를 끄덕이며 자세를 취했다.

그러자 이번에는 더그아웃에 있던 코치들이 난리가 났다.

"지금 상현이가 뭘 요구하는 거야? 커브라니?"

"동원이 저 녀석! 내가 그리 정면 승부는 피하라고 말했거늘."

김성식 투수 코치와 김성희 타격 코치가 한목소리로 불만을 터뜨렸다.

하지만 그들의 목소리가 강동원의 귀까지 들리지는 않았다.

강동원을 굳게 믿고 있는 박준태 수석 코치도 당황하기는 마찬가지였다. 여기서 일이 잘못되기라도 한다면 모든 책임은 강동원이 질 수밖에 없었다.

'동원아, 제발! 제발 잡아내라! 여기서 맞으면 진짜 난리 난다!'

박준태 코치가 간절한 눈으로 강동원을 바라봤다.

그사이 강동원은 눈으로 2루 주자의 견제를 마쳤다. 그러고는 망설임 없이 투구판을 박차고 앞으로 나갔다.

후앗!

강동원의 손끝에서 새하얀 공이 튕겨져 나왔다. 포심 패스트볼을 던질 때와 똑같은 폼에서 빠져나왔지만 정작 공이 포물선을 그리며 날아들었다.

순간 다니엘 모레아의 눈이 번쩍였다.

'드디어 들어왔다!'

다니엘 모레아는 기다렸다는 듯이 방망이를 내돌렸다. 포심 패스트볼보다 한 박자 정도 늦게 허리를 돌리며 커브가 떨어질 낙폭을 계산해 방망이를 밀어 넣었다.

만에 하나 유인구일 거란 생각은 하지 않았다. 원 스트라이크 투 볼 상황에서 강동원이 유인구를 던질 여유는 없었다.

만에 하나 유인구가 빠져 버린다면 2루 주자는 3루까지 진루하게 될 터였다. 그 경우 주 무기인 커브를 아예 쓰지 못하게 될 수도 있었다.

'스트라이크야. 확실해!'

홍!

다니엘 모레아의 방망이가 시원하게 홈 플레이트 위를 스쳐 지났다.

그런데…….

"……!"

다니엘 모레아의 생각과 달리 공이 홈 플레이트 앞쪽에서 뚝 하고 떨어져 내려 버렸다.

'젠장!'

다니엘 모레아가 어떻게든 방망이를 멈춰 세우려 했지만 소용없었다. 이미 홈 플레이트 윗부분을 스쳐 지난 방망이를 다시 되돌리기란 불가능했다.

그사이 박상현이 두 무릎을 꿇은 채로 바운드된 공을 앞에 떨구었다. 그러면서 눈으로 2루 주자를 견제했다. 그 기세에 놀란 2루 주자 로메 산토스가 냉큼 2루 베이스 쪽으로 돌아갔다.

"젠장! 볼을 던지다니."

다니엘 모레아가 욕지거리를 내뱉으며 타석에서 벗어났다. 설마하니 원 스트라이크 투 볼 상황에서 바운드되는 볼이 들어올 것이라고는 생각지도 못했다.

"모레아! 모레아! 진정해!"

흥분하는 다니엘 모레아를 향해 코랄 감독이 크게 소리쳤다. 2사 이후이긴 하지만 처음으로 잡은 득점 기회였다. 이 기회를 이대로 무산시킨다면 한동안 다시 강동원의 페이스에 끌려갈 수밖에 없었다.

"후우……."

다니엘 모레아도 길게 숨을 고르며 마음을 다잡으려 노력했다. 방망이를 세워 가랑이 사이에 끼운 뒤 일부러 장갑을 고쳐 꼈다. 그리고 발로 타석을 고르며 흥분이 가라앉길 기다렸다.

그러는 동안 박상현도 5구째 승부를 놓고 고민했다.

'그냥 하이 패스트볼로 삼진을 유도할까?

가장 느린 커브 다음에 가장 빠른 포심 패스트볼은 볼 배합의 정석이었다.

하지만 다니엘 모레아에게 통할 거란 확신이 들지 않았다.

루상에 주자가 없었다면, 그래서 강동원이 와인드업 포지션으로 공을 던질 수 있다면 또 모르겠지만 지금처럼 세트 포지션에서 공을 던진다면 날카로운 다니엘 모레아의 스윙에 전부 걸려 버릴 가능성이 높았다.

그때였다.

잠자코 있던 강동원이 먼저 수신호를 보냈다.

'상현아, 고민하지 말고 커브로 가자!'

'뭐? 커브? 저 자식은 네가 커브만 던져 주길 기다리고 있는데?'

'그러니까 커브로 승부 보자고.'

'그러다 맞으면 어쩌려고!'

'상관없어. 어디 칠 테면 쳐 보라지!'

'동원아!'

'걱정 마! 안 맞을 자신 있으니까.'

강동원이 뜨거워진 눈으로 박상현을 바라봤다.

그러자 박상현도 이내 고개를 끄덕거렸다.

'그래, 이럴 땐 차라리 투수가 던지고 싶은 공을 던지게 하는 게 나아.'

박상현이 손가락을 움직여 커브 사인을 냈다. 한국 대표팀 더그아웃은 또다시 발칵 뒤집혔지만 강동원은 씩 웃어 보였다.

'그래, 내 마누라라면 그래야지.'

물론 박상현도 무작정 커브를 던지라는 건 아니었다. 다니엘 모레아가 쉽게 공략하지 못하도록 정확하게 몸 쪽 걸치는 스트라이크를 원했다.

투 스트라이크 투 볼 상황에서 또다시 유인구를 던지는 건 위험했다. 괜히 잘못해서 풀카운트로 몰린다면 포심 패스트볼을 스트라이크존에 집어넣어야 하는 일이 생길지도 몰랐다.

하지만 강동원은 코스가 어디든 상관없다며 고개를 주억거렸다.

"후우……."

2루 주자를 힐끔 흘겨본 뒤 강동원이 투구판을 단단히 짓밟았다. 그리고 글러브 속에서 커브 그립을 고쳐 잡았다.

'지금 이 상황에서 필요한 커브라면…….'

강동원은 어떤 커브를 던져야 다니엘 모레아를 꼼짝 못하게 만들지 고민했다. 그러다 자연스럽게 최동원의 커브를 떠올렸다.

최동원은 폭포수처럼 떨어지는 커브뿐만 아니라 타자의 어깨 높이를 파고드는 높은 커브를 기가 막히게 구사했다.

타자들은 높은 공이라 볼이라 생각하고 방망이를 움직이지 않고 그냥 쳐다만 보았다.

하지만 공은 빠르게 떨어지며 정확하게 스트라이크존을 파고들었다.

강동원은 예전부터 최동원처럼 힘 있고 날카로운 커브를 던지고 싶었다. 그래서 새롭게 파워 커브 그립을 통해 커브 2를 연마했다. 하지만 커브 2는 아직 손에 익지 않은 상태였다. 게다가 박상현에게는 오늘 경기에서 커브 2를 봉인하겠다고 말한 뒤였다.

만약 이 상황에서 무턱대고 커브 2를 던지면 박상현이 제대로 받아내지 못할 가능성이 높았다.

'어떻게 하지? 그냥 낙차 큰 커브를 던져? 아니야. 상현이가 원하는 코스로 던지다 볼 판정을 받게 될지도 몰라.'

강동원은 잠깐 동안 고민을 했다. 그러다가 문득 지난달부터 한문혁과 새롭게 익히던 커브를 떠올렸다.

'이 상황에서 뜬금없긴 하지만 그걸 한번 던져 볼까? 그거라면 구속은 커브 1과 거의 비슷하니까 상현이도 크게 헷갈려 하지 않을 거 같은데.'

커브 2를 익히는 과정에서 뭔가를 깨달은 강동원은 커브 1을 변형한 변종 커브를 연습 중이었다.

목표였던 최동원의 커브처럼 빠르진 않지만 폭포수처럼 떨어지는 기존 커브와 달리 완만하면서도 날카롭게 꺾여 들어가는 그런 커브를 말이다.

아직까지 완성 단계는 아니었지만 적어도 커브 1을 머릿속에 그리고 있을 다니엘 모레아는 충분히 속아 넘길 수 있을 것 같았다.

'좋아, 한번 던져 보자!'

고심을 끝낸 강동원이 글러브를 가슴에 가져다 댔다.

그러자 다니엘 모레아가 기다렸다는 듯이 방망이를 추켜 들었다.

'어디 한번 쳐 봐라!'

아랫배에 단단히 힘을 준 채 강동원이 힘껏 공을 내던졌다.

후앗!

강동원의 손끝을 빠져나간 공이 로진 가루를 풍기며 맹렬히 회전하더니 그대로 다니엘 모레아의 얼굴 쪽으로 날아들었다.

'몸 쪽 커브!'

다니엘 모레아는 당황하지 않고 팔꿈치를 가슴 쪽에 최대한 붙였다. 그러고는 커브가 떨어질 위치를 향해 방망이를 휘둘렀다.

그런데…….

"……!"

슬슬 떨어지기 시작해야 할 공이 그대로 밀리듯 날아들었다. 그러더니 예상보다 한 타이밍 늦게 뚝 하고 떨어져 다니엘 모레아의 시야 밖으로 사라져 버렸다.

다니엘 모레아가 다급히 방망이를 멈춰 세우려 했지만 이미 방망이 끝은 홈 플레이트를 한참이나 지나쳐 버린 뒤였다.

"스트라이크, 아웃!"

구심의 요란스러운 삼진 콜과 함께 세 번째 아웃 카운트가 만들어졌다.

“그렇지!”

마운드에 있던 강동원이 처음으로 두 팔을 올리며 포효했다.

“동원아!”

박상현도 악을 내지르며 강동원에게 달려갔다. 중간에서 만난 강동원과 박상현이 서로의 주먹을 힘껏 부딪쳤다.

그 모습을 지켜보던 메이저리그 스카우터들의 눈빛이 달라졌다. 강동원이 연속 커브로 다니엘 모레아를 꼼짝 못하게 만든 장면에서 뭔가를 느낀 것이다.

“방금 전 커브는 대체 뭐지?”

“내가 묻고 싶은 말이야. 지금까지 던진 커브와 전혀 다른 커브였다고.”

“강동원은 원래 두 종류의 커브를 던진다고 하지 않았어?”

“그것과는 느낌이 달라. 나도 두어 번밖에 보진 못했지만 그건 말 그대로 파워 커브라고. 그립 자체부터 달라.”

“하지만 이번에 들어온 커브는 강동원이 원래 던지던 커브하고 느낌이 비슷하지 않았어?”

“그래서 더 궁금하다는 거야. 대체 커브에 무슨 짓을 한 건지 말이야.”

“혹시 강동원이 커브의 회전을 마음대로 컨트롤할 수 있는 건가?”

"그게 말이 된다고 생각해? 저 나이에?"

"어쨌든 난 강동원 다시 봤어. 괜찮은 변화구는 커브뿐이라고 여겼는데 저건 보통 커브가 아냐."

"그럼 이러고 있을 때가 아니잖아."

메이저리그 스카우터들이 너 나 할 것 없이 어딘가로 연락을 취했다. 본래 프레드 알바레스를 관찰하기 위해 이 자리에 왔지만 지금 스카우터들의 눈에는 강동원밖에 보이지 않았다.

"나야! 강동원! 그래, 한국 투수!"

"왜 자료가 없다는 거야! 그게 말이 돼? 빨리 찾아봐! 더 확실한 자료가 필요하다고!"

"한국 쪽 담당하는 스카우터에게 빨리 연락을 취해보라고! 그라면 뭔가 알고 있을 거 아냐!"

그렇게 메이저리그 스카우터들의 눈을 휘둥그레지게 만든 뒤 강동원이 당당하게 마운드를 걸어 내려왔다.

김성식 투수 코치와 김성희 타격 코치가 앞다투어 강동원을 반겼다.

"동원아! 정말 잘 던졌다!"

"잘했다, 정말 잘했어!"

박준태 코치는 씁쓸한 얼굴로 두 코치를 바라봤다.

조금 전까지만 해도 정면 승부를 피해야 한다고 한목소리로 말했던 그들이었다. 그런데 쿠바의 4번 타자 다니엘 모레아를 삼진으로 잡아내니 언제 그랬냐는 듯 표정을 싹 바꿔 버렸다.

만에 하나 정반대의 결과가 나왔다면 어땠을까.

'아니지, 아니야.'

박준태 코치가 다급히 고개를 저었다. 아무리 그래도 그런 쓸데없는 생각은 하고 싶지 않았다.

모두의 환영을 받으며 강동원이 구석진 자리에 앉았다. 그러자 박상현이 냉큼 그 옆자리를 차지하며 물었다.

"아까 뭐였어?"

"뭐가?"

"커브 말야. 마지막에 던진 거."

"뭐긴 뭐야, 커브지."

"나한테까지 거짓말하는 거야? 내가 설마 네 커브를 모를까 봐?"

"쳇, 눈치챘냐?"

"설마 커브 2를 던진 거야?"

"아니, 커브 2는 아니고……."

"그렇지? 커브 1에서 조금 달라진 거지?"

"야, 너 눈썰미 좋다?"

"오늘 내가 받은 커브가 몇 개인데 그걸 모르겠냐? 암튼 좋은 선택이었어.”

“그래서 말인데…….”

강동원은 그 자리에서 박상현과 새로운 커브의 활용법에 대한 이야기를 나눴다. 본래는 코칭스태프와 함께 고민해야 할 문제였지만 김운식 감독은 강동원과 박상현에게 모든 걸 맡겨 버렸다.

기존의 커브가 쿠바 타자들의 눈에 익어가던 상황에서 대담하게 다음 승부수를 꺼낸 건 누가 뭐래도 강동원이었다. 이제 와 어른들이 나서서 그 공을 빼앗을 수는 없는 노릇이었다.

‘그나저나 프레드 알바레스가 슬슬 무너질 때가 됐는데…….’

김운식 감독의 시선이 마운드에 오른 프레드 알바레스에게 향했다. 아니나 다를까. 프레드 알바레스의 표정은 잔뜩 일그러져 있었다.

코랄 감독은 역전 찬스라 여겼지만 프레드 알바레스는 동점이라도 되길 바랐다. 그렇게만 된다면 조금 더 마운드 위에서 버틸 수 있을 것 같았다.

하지만 믿었던 4번 타자 다니엘 모레아가 삼진으로 물러나면서 역전은커녕 동점 기회마저 날아가 버렸다.

‘잊어버려. 기회는 또 찾아올 거야.’

프레드 알바레스는 애써 마음을 다잡으려 노력했다.

하지만 찬스 무산의 영향 때문인지는 몰라도 5회 들어 구속이 뚝 떨어져 버렸다.

[153㎞/h]

[151㎞/h]

[152㎞/h]

연거푸 포심 패스트를 던졌지만 단 하나도 155㎞/h를 넘지 못했다.

하지만 다행히도 아직 공에는 힘이 남아 있었다. 게다가 포수 프랑크 알콘이 영리하게 변화구 비중을 높이면서 줄어든 구속을 어느 정도 만회할 수 있었다.

프레드 알바레스는 선두 타자로 들어선 7번 타자 강성원을 상대로 포심 패스트볼을 2개 보여준 뒤 3구째 슬라이더를 던져 우익수 플라이로 돌려세웠다.

그리고 뒤이어 타석에 들어선 8번 타자 박상현에게도 초구와 2구, 포심 패스트볼과 슬라이더를 통해 투 스트라이크를 잡아냈다.

이대로 허무하게 이닝을 끝낼 수 없다며 이를 악문 박상현이 풀카운트 접전 끝에 3유간에 빠지는 안타를 때려내긴 했지만 프레드 알바레스는 흔들리지 않았다.

9번 타자 황선주에게 3구째 체인지업을 던져 2루수 땅볼로 유도하면서 더블플레이로 이닝을 마쳤다.

"저쪽 포수도 제법인데?"

프레드 알바레스의 역투에 강동원도 더욱 힘을 냈다.

5회 말 타석에 들어선 데이비드 카스티오-도날드 듀레트-루이스 발데아스를 각기 삼진-우익수 플라이-3루 앞 땅볼로 돌려세우며 삼자범퇴로 이닝을 마쳤다.

"대체 이기겠다는 거야 말겠다는 거야?"

타자들이 좀처럼 힘을 쓰지 못하자 프레드 알바레스도 짜증을 터뜨렸다. 다행히 코랄 감독이 냉큼 나서서 달래긴 했지만 고작 그 정도로 프레드 알바레스의 불만을 달랠 수 없었다.

"후우……."

마운드에 오른 프레드 알바레스가 짜증스럽게 숨을 내쉬었다. 그의 두 눈으로 타석에 들어선 1번 타자 강덕진이 들어왔다.

'별것도 아닌 것들이…….'

프레드 알바레스가 사인을 받기가 무섭게 공을 내던졌다.

퍼엉!

홈 플레이트를 스쳐 지난 공이 그대로 포수 프랑크 알콘의 글러브 속에 꽂혔다.

"스트라이크!"

구심이 가볍게 오른팔을 들었다.

그 모습을 지켜보던 강덕진이 이내 고개를 주억거렸다.

초구를 놓치긴 했지만 강덕진의 눈빛은 살아 있었다. 벌써 네 번째 타석인 만큼 프레드 알바레스의 공이 눈에 익은 것이다.

게다가 160㎞/h까지 나온다던 프레드 알바레스의 포심 패스트볼의 구속이 부쩍 줄어든 상태였다.

'또 들어온다면 칠 수 있겠어.'

강덕진이 속으로 의지를 다졌다.

그런 줄도 모르고 프레드 알바레스가 2구 슬라이더에 이어 3구째 하이 패스트볼을 내던졌다.

그걸 강덕진이 놓치지 않고 잡아당겼다.

따악!

방망이 끝 부분에 걸린 공이 1루와 2루 사이를 꿰뚫고 사라졌다. 1루수 다니엘 모레아가 몸을 던졌지만 글러브를 살짝 벗어나 버렸다.

"크아아!"

재빨리 1루를 밟은 강덕진이 대한민국 더그아웃을 향해 주먹을 불끈 쥐었다.

뒤이어 타석에 들어선 2번 타자 안상현은 타석에 들어오자마자 곧바로 번트를 댈 준비를 했다. 강동원의 컨디션이 좋은 만큼 한 점만 더 도망쳐도 충분히 이길 수 있다는 벤치의 판단이 나온 것이다.

희생번트 사인을 확인한 강덕진이 리드 폭을 조금 넓게 잡았다.

그러자 이맛살을 찌푸리던 프레드 알바레스가 있는 힘껏 공을 던졌다.

본래 목적은 빠른 공으로 안상헌이 번트를 대지 못하게 만들 생각이었다.

하지만 가뜩이나 구속이 떨어진 상황에서 세트 포지션으로 던진 포심 패스트볼이 경기 초반만큼 위력적일 리 없었다.

따악!

안상헌은 방망이를 가로로 눕히며 정확하게 번트를 댔다.

숨이 죽은 타구가 3루 쪽으로 굴러갔다. 1루 주자 강덕진을 충분히 2루까지 보낼 수 있는 코스였다.

3루수 로메 산토스가 달려와 공을 잡았을 때는 이미 강덕진이 2루를 향해 슬라이딩을 하고 있었다.

“2루는 늦었어. 1루로 던져!”

프랑크 알콘이 곧바로 1루로 가리키며 소리쳤다.

로메 산토스는 어쩔 수 없이 공을 1루로 던져 안상헌을 아웃시켰다.

그렇게 1사 주자 2루, 한국의 두 번째 득점권 상황이 만들어졌다.

"젠장할!"

프레드 알바레스가 신경질적으로 마운드를 걷어찼다. 그 사이 3번 타자 이진혁이 타석에 들어섰다.

프레드 알바레스는 그저 짜증이 났다. 대한민국 타자들의 소심한 공격이 마음에 들지 않았던 것이다.

안타로 주자만 나갔다 하면 곧바로 번트 작전이 나왔다. 물론 메이저리그에서도 번트 작전을 쓰긴 하지만 한국 야구는 번트 말고는 할 수 있는 게 없는 것 같았다.

"제기랄! 이래서 아시아 녀석들은 재미가 없다니까."

프레드 알바레스가 신경질적으로 중얼거렸다. 프랑크 알콘이 진정하라는 사인을 냈지만 프레드 알바레스의 표정은 조금도 달라지지 않았다.

'뭘 자꾸 침착하라는 거야?'

잔뜩 이맛살을 찌푸리던 프레드 알바레스가 프랑크 알콘의 미트를 향해 힘껏 공을 내던졌다. 그런데 어깨에 너무 힘이 들어간 나머지 공이 솟구쳤다. 프랑크 알콘이 다급히 미트를 높이 들었지만 워낙에 빠른 공이라 잡아내지 못했다.

"폭투다!"

"뛰어! 뛰어!"

긴장 어린 눈으로 경기를 지켜보던 청소년 대표 팀 선수들이 한목소리로 소리쳤다.

"젠장!"

프랑크 알콘이 마스크를 벗고 곧바로 공을 쫓아갔다.

그사이 2루 주자 강덕진이 여유롭게 안착했다.

1사 2루가 1사 3루 상황으로 바뀌었다.

깊은 땅볼이나 외야 플라이만 쳐도 득점할 수 있는 기회가 만들어진 것이다.

"제기랄! 그걸 놓치면 어쩌자는 거야!"

프레드 알바레스가 프랑크 알콘에게 소리를 내질렀다. 아무리 공이 높게 날아들었기로서니 포수가 되어서 그걸 놓치다니. 도저히 이해가 가지 않았다.

"미안! 내 잘못이야."

프랑크 알콘이 경기를 위해 모든 책임을 뒤집어썼다.

하지만 프레드 알바레스는 좀처럼 자신의 감정을 컨트롤하지 못했다.

'정면 승부는 위험해. 슬라이더로 일단 유혹해 보자.'

고심하던 프랑크 알콘이 바깥쪽 슬라이더 사인을 냈다. 그러나 프레드 알바레스는 신경질적으로 고개를 저었다. 그러고는 프랑크 알콘이 포심 패스트볼 사인을 낼 때까지 마운드에서 고집스럽게 버텼다.

'하아, 미치겠군.'

프랑크 알콘은 질근 입술을 깨물었다. 조금 전 폭투로 인해 배터리로서의 신뢰에 금이 간 건 이해했지만 이런 식으로 막무가내로 나오면 같이 경기를 할 수가 없었다.

그렇다고 이 상황에서 다른 투수를 올리기도 어려웠다.

'좋아, 던질 거면 제대로 던져!'

프랑크 알콘이 몸 쪽 꽉 찬 코스로 미트를 움직였다. 하지만 정작 프레드 알바레스의 손끝을 빠져나온 공은 거의 한복판에 가깝게 몰려 들어왔다. 그 공을 대표 팀 3번 타자인 이진혁이 놓칠 리 없었다.

따악!

둔탁한 소리와 함께 치솟은 공이 중견수 방향으로 날아갔다. 그것을 확인한 3루 주자 강덕진이 베이스로 돌아와 태그업 준비를 했다.

중견수 알프레도 데스피안은 한 발 뒤로 물러나 포구한 뒤 반동을 이용해 있는 힘껏 홈으로 공을 던졌다.

하지만 부정확한 송구는 중간에서 커트되고 말았다.

그사이 3루 주자 강덕진이 빠르게 홈을 밟으며 득점에 성공했다.

스코어 2 대 0.

점수 차이가 드디어 두 점까지 벌어졌다.

“타임!”

보다 못한 코랄 감독이 더그아웃에서 나와 경기 흐름을 끊었다. 그리고 프레드 알바레스에게 잘 던지고 있으니 조금만 더 버텨 달라고 부탁했다.

코랄 감독의 독려가 통한 듯 프레드 알바레스는 4번 타자 하석진을 5구째 체인지업 삼진으로 돌려세우며 이닝을 마쳤다. 그리고 두 점 차 리드 속에 강동원이 마운드에 올라왔다.

‘이기고 있다고 들뜨지 말자. 정신 바짝 차려야 해.’

마운드를 고르며 강동원은 단단히 마음을 다졌다. 다행히도 쿠바 대표 팀의 6회 말 공격은 8번 타자 프랑크 알콘부터 시작되었다.

강동원은 초구 바깥쪽을 파고드는 날카로운 포심 패스트볼로 스트라이크를 잡아낸 뒤 2구째 같은 코스의 체인지업으로 프랑크 알콘의 헛스윙을 유도해 냈다. 그렇게 투 스트라이크를 잡아낸 뒤 3구째 몸 쪽 깊숙한 코스로 포심 패스트볼을 던졌다.

하지만 포수 출신답게 프랑코 알콘은 몸 쪽 공에 대응하지 않았다.

볼카운트가 투 스트라이크 원 볼로 바뀌었다.

‘빠른 공만 세 개 던졌으니 이제 커브가 들어올 거야.’

프랑크 알콘이 머릿속으로 커브를 그렸다.

하지만 박상현도 바보는 아니었다. 딱 봐도 커브를 노리고 있는 상대에게 굳이 커브를 던져 줄 생각이 없었다.

'동원아, 여기로 던져! 어차피 이놈은 못 친다!'

박상현의 사인에 강동원이 피식 웃음을 흘렸다. 그러고는 프랑크 알콘의 몸 쪽 깊숙이 고정된 박상현의 미트를 향해 있는 힘껏 포심 패스트볼을 내던졌다.

퍼엉!

묵직한 포구 소리와 함께 구심의 삼진 콜이 울렸다.

그리고 잠시 후, 전광판에 153㎞/h라는 구속이 찍혔다.

"강동원은 지치지도 않는군."

"그러게 말야. 체력 좋다는 이야기는 들었는데 국제 대회에서도 저렇게 잘 던질 줄은 몰랐어."

메이저리그 스카우터들이 하나같이 혀를 내둘렀다.

첫 타자를 루킹 삼진으로 돌려세운 뒤 강동원은 9번 타자 윌리암 차베스를 상대했다.

윌리암 차베스는 강동원의 커브에 부담을 느꼈다. 그래서 카운트를 잡으러 들어오는 초구 패스트볼을 놓치지 않고 잡아당겼다.

따악!

타이밍은 좋았지만 타구가 하필이면 유격수 정면으로 굴

러갔다. 그리고 그곳에는 청소년 야구 대표 팀 선수들 중 가장 수비를 잘한다는 임성진이 버티고 있었다.

팡!

임성진이 까다로운 타구를 1루수 하석진에게 연결하며 두 번째 아웃 카운트가 만들어졌다. 그리고 1번 타자 알렉세이 벨라가 타석에 들어섰다.

타순이 반복되면서 투수의 공이 눈에 익은 건 쿠바 대표 팀 타자들도 마찬가지였다. 알렉세이 벨라는 강동원의 초구 커브를 거른 뒤 2구째 들어오는 포심 패스트볼을 밀어쳐 좌익수 옆으로 떨어뜨렸다.

타구상 2루타가 거의 확실했다. 그러나 좌익수 황선주는 포기하지 않고 공을 잡아 곧바로 2루로 던졌다.

"젠장할!"

빠른 발만 믿고 여유롭게 달리던 알렉세이 벨라는 공이 중계되어 오자 깜짝 놀라며 재빨리 슬라이딩을 시도했다.

촤라라랏!

2루 베이스를 두고 흙먼지가 일었다. 유격수 임성진이 공이 든 글러브를 들어 보이며 2루심에게 어필했지만 2루심은 양팔을 벌렸다. 알렉세이 벨라의 슬라이딩이 조금 더 빨랐다고 판단한 것이다.

"아, 진짜. 아웃이라니까요!"

임성진이 억울하다며 펄쩍 뛰었지만 판정은 번복되지 않았다.

"성진아, 괜찮아. 신경 쓰지 마."

강동원이 박수를 치며 임성진을 독려했다.

어차피 2루타성 타구였다. 수비수들의 기민한 플레이로 아웃을 잡아냈다면 좋았겠지만 세이프가 되었다고 해서 흥분할 필요는 없었다.

'포심 패스트볼 위주의 패턴이 읽힌 모양인데?'

'그래, 그렇지 않아도 다시 커브 위주로 갈까 했어.'

강동원과 박상현은 폭포수 커브를 앞세워 2번 타자 알프레도 데스피안을 3구 삼진으로 돌려세웠다.

알프레도 데스피안은 내심 강동원의 포심 패스트볼이 스트라이크존으로 들어오길 바랐지만 강동원-박상현 배터리는 보여주듯 바깥쪽으로 포심 패스트볼을 뺀 걸 제외하고는 스트라이크 3개를 전부 커브로 잡아버렸다.

"크악!"

알프레도 데스피안은 삼진을 당한 후 자기 분을 참지 못하고 방망이를 바닥에 내려쳐 부러뜨렸다.

그렇게 쿠바 대표 팀의 두 번째 득점 기회마저 무산되고 말았다.

2

6회까지 강동원의 투구는 흠잡을 데가 없었다.

피안타 두 개를 내주긴 했지만 사사구 없이 삼진 7개를 잡아냈다. 그리고 무실점으로 대회 최강이라 불리는 쿠바 대표팀 타선을 틀어막았다.

반면 이번 대회 최우수 투수상을 노리는 프레드 알바레스는 한국의 작전 야구에 휘말려 두 점을 내주고 있었다.

'투수를 바꿔야 하는데…….'

코랄 감독은 한참을 신음했다. 본래 계획대로라면 한국을 상대로 초반에 다득점을 뽑아낸 뒤 프레드 알바레스를 7회에 바꿔줄 생각이었다.

그런데 정작 경기는 한국이 2 대 0으로 리드하고 있었다. 여기서 프레드 알바레스까지 내린다면 패배를 시인하는 것처럼 비쳐질 것 같았다.

"프레드를 올려."

"가, 감독님."

"이번 이닝까지는 어떻게든 버텨보라고 해!"

코랄 감독의 고집 속에 프레드 알바레스는 7회 초에도 마운드에 올라왔다.

그러나 프레드 알바레스는 더 이상 공을 던질 만한 상태가 아니었다. 체력적인 한계는 둘째 치고 이길 수 있다는 믿음이 무너진 상태였다.

"볼!"

결국 5번 타자 최원진을 상대로 스트레이트 볼넷을 내주자 코랄 감독도 더는 고집을 부리지 못했다.

"투수 교체!"

쿠바의 에이스 프레드 알바레스가 쓸쓸히 마운드를 내려갔다. 그리고 두 번째 투수 요하니스 페라가 올라왔다.

12장
상승세

1

쿠바의 두 번째 투수 요하니스 페라는 프레드 알바레스 못지않게 빠른 공을 던지는 투수였다.

최고 구속은 157㎞/h. 제구가 썩 좋진 않았지만 공의 무브먼트가 워낙 좋아서 한복판으로 던져도 쉽게 때려내지 못한다는 평가를 받고 있었다.

퍼엉!

요하니스 페라는 프레드 알바레스처럼 빠른 포심 패스트볼을 앞세워 청소년 대표 팀 타자들을 상대했다. 프레드 알바레스의 포심 패스트볼에 익숙해진 청소년 대표 팀 타자들이 지지 않고 방망이를 휘둘러 봤지만 공은 방망이보다 훨씬 빨리 홈 플레이트를 스쳐 지나가 버렸다.

6번 타자 임성진은 4구째 높게 들어온 포심 패스트볼을 참아내지 못하고 헛스윙 삼진으로 물러났다. 7번 타자 강성원은 2구째 포심 패스트볼을 건드려 2루수 뜬공으로 잡혔다.

'공격이 너무 빨리 끝나잖아.'

8번 타자 박상현은 일부러 천천히 타석에 들어갔다. 강동원이 적잖게 지친 상황에서 이렇게 빨리 이닝이 끝나 버리면 7회 말이 위험해질 수 있었다.

'투 스트라이크까지는 치지 말자. 최대한 버텨야 해.'

타석에 들어서서도 박상현은 요하니스 페라의 포심 패스트볼에 현혹되지 않으려 노력했다.

그 결과 투 스트라이크 투 볼까지 볼카운트를 끌고 오는데 성공했다. 비록 5구째 몸 쪽을 파고든 포심 패스트볼에 방망이가 나가면서 유격수 앞 땅볼로 아웃이 되긴 했지만 앞선 타자들을 대신해 강동원이 숨을 돌릴 만한 시간을 벌어냈다.

하지만 7회 말 마운드에 오른 강동원의 구속은 걱정했던 것 이상으로 떨어져 있었다. 경기 중반 이후 포심 패스트볼과 커브, 이 두 구종만으로 쿠바 타자들을 상대해 왔기 때문에 체력적인 피로가 커진 것이다.

세트 포지션도 아니고 와인드업 포지션에서 던지는데도 포심 패스트볼의 구속이 151㎞/h까지 떨어졌다.

그렇다 보니 쿠바 타자들의 방망이가 매섭게 돌아갔다.

따악!

스트라이크를 잡으러 들어오는 포심 패스트볼이 연달아 커트당하자 박상현은 다시 볼 배합을 바꿨다. 강동원의 주 무기인 커브를 적극 활용하기로 한 것이다.

강동원이 지쳤다고 판단해 포심 패스트볼에 초점을 맞췄던 쿠바의 중심 타선은 이번에도 힘 한 번 써보지 못하고 물러났다.

3번 타자 로메 산토스는 중견수 플라이.

4번 타자 다니엘 모레아는 유격수 땅볼.

5번 타자 데이비드 카스티오는 삼진.

그렇게 7회 말 쿠바의 반격도 허무하게 끝이 나버렸다.

"후우……."

더그아웃으로 돌아온 강동원은 비 오듯 쏟아지는 땀부터 수건으로 닦아냈다. 그러자 김성식 투수 코치가 걱정스런 얼굴로 다가왔다.

"동원아, 괜찮냐?"

"네, 코치님. 괜찮습니다."

강동원은 아무렇지도 않은 듯 고개를 주억거렸다.

하지만 강동원이 체력적인 한계에 도달했다는 걸 김성식 코치가 모를 리 없었다.

김성식 투수 코치가 슬쩍 박상현을 바라봤다. 그러자 잠시 고심하던 박상현이 티 나지 않게 고개를 가로저었다.

"동원아, 오늘 경기가 끝이 아니니 너무 무리하지 않는 게 좋겠다. 슈퍼라운드도 생각해야지."

"……."

"오늘 정말 수고 많았다."

김성식 투수 코치가 강동원의 어깨를 두드리며 말했다.

하지만 강동원은 치미는 서운함을 감추기 어려웠다.

힘들긴 해도 남은 두 이닝 정도는 어떻게든 막을 수 있었다. 솔직히 할 수만 있다면 완봉을 차지하고 싶었다.

하지만 국가 대표 팀의 일원으로 나선 국제 대회에서 무작정 자신이 욕심만 부릴 수는 없는 노릇이었다.

"네, 알겠습니다."

강동원이 이내 고개를 주억거렸다.

"그래, 감독님께서도 칭찬 많이 하시더라."

김성식 코치가 멋쩍게 웃고는 고우민 쪽으로 몸을 돌렸다.

"고생했다."

김성식 코치에 이어 박상현도 강동원을 위로했다.

"그래, 너도."

강동원이 고개를 끄덕인 후 자리에서 일어났다. 아이싱이라도 하면 이 아쉬운 마음이 조금은 가라앉을 것 같았다.

8회 말.

강동원에 이어 서린 고등학교 에이스 고우민이 마운드에 올랐다.

코칭스태프가 고우민에게 맡긴 건 한 이닝뿐이었다. 그래서 고우민도 전력을 다해 공을 내던졌다.

퍼엉!

사이드 암으로 뿌려대는 포심 패스트볼은 생각 이상으로 날카로웠다. 투구 폼 자체도 낯설다 보니 쿠바 대표 팀 타자들은 좀처럼 타이밍을 맞추지 못했다.

6번 타자 도날드 듀레트는 3루 땅볼 아웃.

7번 타자 루이스 발데아스는 삼진 아웃.

8번 타자 프랑크 알콘은 우익수 플라이 아웃.

세 타자를 상대하는 데 고우민이 던진 공은 고작 11구에 불과했다.

"투수 바꿔."

한국 청소년 대표 팀이 불펜을 투입하자 쿠바의 코랄 감독도 승부수를 띄웠다. 두 점차로 지고 있는 상황에서 마무리 투수 야시엘 카사노바를 마운드에 올린 것이다.

야시엘 카사노바는 156㎞/h의 빠른 포심 패스트볼과 커터를 앞세워 한국 대표 팀을 삼자범퇴로 돌려세웠다. 그리고 쿠바 대표 팀의 마지막 희망을 되살렸다.

강동원은 쿠바의 9회 말 공격이 시작될 때쯤 다시 더그아웃에 나타났다. 마운드에는 고우민에 이어 강인 고등학교 에이스 최선영이 경기를 마무리를 짓기 위해 올라와 있었다.

오버 핸드지만 다소 독특한 투구 폼을 가지고 있는 최선영은 고우민만큼이나 타이밍을 맞추기 어려웠다.

코랄 감독이 어떻게든 주자를 출루시키기 위해 애를 썼지만 정작 타석에 들어선 타자들의 타이밍을 맞춰주진 못했다.

결국 최선영의 호투 속에 9회 말 쿠바의 공격도 삼자범퇴로 끝이 났다.

"크아아!"

마지막 타자를 헛스윙 삼진으로 잡아낸 뒤 최선영이 두 팔을 높이 들었다.

"선영아아아!"

"잘했어! 짜샤!"

내야수들이 가장 먼저 마운드로 달려들었다. 포수 박상현과 다른 선수들도 뒤늦게 합류해 쿠바전 승리를 자축했다.

"수고했어."

"감독님이 더 고생하셨죠."

"감독님, 2승 축하드립니다."

"하하, 자네들도 축하하네."

김운식 감독과 코치진도 환하게 웃으며 서로 악수를 했다. 그 모습이 중계 카메라를 통해 전 세계로 송출이 되었다.

경기 종료 후 경기 MVP가 발표됐다.

모두의 예상대로 선정자는 강동원.

아마 최강이라는 명성을 회복하겠다는 쿠바를 상대로 무실점 승리 투수가 된 강동원 이외에는 후보조차 없었다.

"후우……."

"이거 오늘도 밤늦게까지 보고서를 써야겠는데?"

MVP를 수상하는 강동원을 한참 동안 바라보던 메이저리그 스카우터들이 하나둘 자리를 떠났다.

그리고 잠시 후. 강동원에 대한 스카우터들의 리포트가 메이저리그 각 구단으로 넘어가기 시작했다.

세계 청소년 야구선수권 대회 일정.

8월 28일(금) 대한민국 대 남아프리카 공화국(승)

8월 29일(토) 대한민국 대 쿠바(승)

8월 30일(일) 대만 대 대한민국

8월 31일(월) 캐나다 대 대한민국

9월 1일(화) 이탈리아 대 대한민국

일본 언론은 난적 쿠바를 꺾은 청소년 대표 팀이 B그룹 1위로 예선을 통과할 것이라고 전망했다.

아직 대만과의 경기가 남아 있지만 청소년 대표 팀이 다시 한번 짜임새 있는 야구를 펼친다면 얼마든지 대만을 잡아낼 수 있을 거라 여겼다.

"대만전에서 승리해 최대한 빨리 1위를 확정지을 수 있도록 노력하겠습니다."

김운식 감독도 대만전 필승을 자신했다. 대만전 선발은 덕선 고등학교 에이스 강동열. 3학년 위주로 구성된 선발진 중 유일한 2학년 투수였다.

"강동열이 잘 던질까?"

"글쎄. 이제 겨우 2학년인데 좀 불안하지 않겠어?"

한국에서 온 기자들조차 강동열이 강동원만큼 호투를 펼칠 거라 기대하진 않았다.

그러나 강동열은 경기 초반부터 2학년인 자신이 어째서

대표 팀에 선발되었는지를 유감없이 보여주었다.

후앗!

강동열의 손끝을 빠져나온 공이 홈 플레이트 바깥쪽으로 낮게 깔려 들어갔다.

퍼엉!

묵직한 포구 소리와 함께 포수 박상현의 미트가 흔들렸다.

그러자 구심이 기다렸다는 듯이 오른팔을 휘둘렀다.

"스트라이크, 아웃!"

주 무기인 커브를 통해 타자들의 타이밍을 빼앗는 투구를 했던 강동원과는 달리 강동열은 특유의 공격적인 피칭으로 대만 타자들을 상대했다.

최고 구속 155㎞/h의 빠른 포심 패스트볼과 함께 언론에서는 커터로 표기하는 날카로운 슬라이더를 앞세워 대만 타자들을 힘으로 찍어 눌렀다.

6회까지 피홈런 하나를 포함해 피안타 2개, 1실점.

강동열의 흔들림 없는 피칭 앞에 대만의 코칭스태프들마저 고개를 절레절레 흔들고 말았다.

강동열이 마운드를 지키는 동안 청소년 대표 팀 타자들도 꾸준히 점수를 뽑아냈다.

2회에 한 점, 3회에 두 점, 4회에 한 점, 6회에 한 점.

6회 말이 끝난 시점에서 전광판의 스코어는 5 대 1로 벌어져 있었다.

그런데 잘 던지던 강동열이 7회부터 갑자기 흔들렸다. 선두 타자와 풀카운트 승부까지 가더니 다음 타자에게는 투 스트라이크를 잡아 놓고 빗맞은 안타를 허용하고 말았다.

그 과정에서 강동열의 투구 수가 90구를 넘어섰다.

"후우……."

마운드에 선 강동열이 길게 숨을 고르며 1루 주자를 응시했다. 강동열이 지쳤다는 걸 눈치챈 듯 1루 주자 차이슈엔이 보란 듯이 리드 폭을 넓혔다.

그러자 타석에 들어선 3번 타자 리종시엔이 번트 자세를 취했다. 1사 이후고 4점 차 상황에서 번트 작전이 나올 가능성은 낮았지만 강동열은 자신도 모르게 어깨에 힘이 들어가 버렸다.

후웃!

낮게 잘 제구되던 강동열의 공이 바깥쪽 높게 날아들었다.

그 공을.

따악!

리종시엔이 무리하지 않고 밀어쳐 우익수 앞에 떨어지는 안타를 만들어냈다.

1루 주자 차이슈엔은 2루를 지나 재빨리 3루까지 내달렸다. 그렇게 1사 1, 3루 위기 상황이 찾아왔다.

"하아, 젠장할……."

강동열이 짜증을 터뜨렸다. 흥분하지만 않았더라도 공이 뜨진 않았을 텐데. 대만의 도발에 흔들렸다고 생각하니 분한 마음을 감추지 어려웠다.

"한번 올라가 봐."

묵묵히 경기를 지켜보던 김운식 감독이 나직이 중얼거렸다. 그러자 김성식 투수 코치가 냉큼 마운드 위로 뛰어올라갔다.

"동열아, 힘들지?"

"괜찮습니다."

"짜식이, 땀을 한 바가지 쏟아내면서 뭐가 괜찮아."

"더 던질 수 있습니다."

오른손으로 공을 힘껏 움켜쥔 채로 강동열이 대차게 말했다. 연속 안타로 위기 상황을 자초했는데 여기서 다른 투수에게 짐을 떠넘길 생각이 없었다.

그러자 김성식 코치가 피식 웃으며 말을 이었다.

"그래, 알았다. 일단 이번 이닝은 너한테 맡길 테니까 맘 편히 던져. 4점 차이다. 여유 있어. 한두 점 더 내준다고 해서 달라질 건 없을 거다. 알았지?"

"네, 코치님."

"그래, 그럼 믿고 내려간다."

김성식 코치가 강동열의 어깨를 두드리고 마운드에서 내려갔다.

그러자 대만 대표 팀 더그아웃이 부산해지기 시작했다. 강동열이 버티는 지금 어떻게든 점수를 뽑아내야 한다고 판단을 내린 것이다.

하지만 강동열도 호락호락 얻어맞을 생각이 없었다.

"강동열, 정신 차려. 동원이 형이 보고 있다고."

강동열이 슬쩍 더그아웃 쪽으로 눈을 돌렸다. 정확하게는 저만치 등을 기대고 앉아 있는 강동원을 바라봤다.

위기 상황이라서일까. 강동원의 표정이 잔뜩 굳어져 있었다.

'걱정 마. 더 이상 얻어맞는 일은 없을 테니까.'

강동열이 스스로에게 주문을 외우며 공을 힘껏 움켜쥐었다. 그리고 투구판을 밟고 우뚝 섰다.

그사이 타석에 대만의 4번 타자 왕웨이탕이 들어왔다.

포수 박상현이 타석에 들어선 왕웨이탕을 힐끔 쳐다보았다.

왕웨이탕은 전형적으로 당겨 치는 타법을 구사하고 있었다. 게다가 앞선 타석에서 강동열의 공에 타이밍이 얼추 맞았다. 여기서 자칫 잘못 던졌다가는 크게 한 방 맞을지도 몰랐다.

'일단 빡빡하게 하나 찔러 넣어보자고.'

박상현이 몸 쪽 깊숙이 패스트볼을 원했다.

고개를 끄덕인 강동열이 포수 미트를 향해 힘껏 던졌다.

후앗!

강동열의 손끝을 빠져나간 공이 대각선으로 홈 플레이트를 향해 날아들었다.

순간 왕웨이탕이 화들짝 놀라며 허리가 뒤로 빠졌다.

하지만 공은 박성현의 미트에 정확하게 붙들렸다. 왕웨이탕이 제자리에 가만히 서 있어도 맞지 않을 정도였다.

'젠장할.'

질근 입술을 깨물던 왕웨이탕이 다시 타석에 들어섰다.

박상현이 다시금 왕웨이탕을 쳐다봤다. 초구에 포심 패스트볼이 매서웠을 텐데도 왕웨이탕은 역시나 똑같은 위치에서 있었다.

'꼴에 쫄지는 않았네. 그렇다면 다시 한번 받아봐!'

박상현이 사인을 보냈다. 코스는 몸 쪽 깊은 곳. 구종은 포심 패스트볼이 아니라 슬라이더.

강동열이 고개를 끄덕였다. 그리고 1루, 3루를 눈으로 견제한 뒤 박상현의 미트를 향해 힘껏 공을 던졌다.

후앗!

강동열의 손끝을 빠져나간 공이 초구와 똑같은 곳으로 날아갔다. 물론 미묘한 차이는 있었지만 왕웨이탕의 눈에는 똑같은 공처럼 보였다.

'어딜!'

왕웨이탕이 기다렸다는 듯이 허리를 돌렸다. 그런데 홈 플레이트 코앞에서 공이 아래로 가라앉았다. 왕웨이탕은 순간 움찔하며 놀랐지만 돌아가는 방망이를 멈출 수는 없었다.

딱!

방망이 밑동에 맞은 공이 그대로 유격수 임성진의 앞으로 굴러갔다. 임성진은 빠르게 앞쪽으로 달려 나가 공을 포구한 뒤 2루수 안상헌에게 길게 공을 밀어주었다.

탁!

2루로 들어오며 공을 포구한 안상헌이 곧장 1루를 향해 공을 던졌다.

왕웨이탕이 이를 악물고 1루로 내달렸지만 간발의 차이로 공이 먼저 1루 베이스에 도착했다.

그렇게 6-4-3으로 이어지는 더블플레이가 완성되었다.

"좋았어!"

강동열이 박수를 치며 좋아했다. 평소 마운드 위에서 감정 표현 없기로 유명했지만 세계 청소년 야구 선수권 대회이다 보니 기쁨을 억누를 수가 없었다.

"고생 많았다."

그렇게 강동열은 7회를 깔끔하게 틀어막고 승리 투수 요건을 갖춘 채 마운드를 내려갔다. 그 모습을 지켜보는 나머지 투수들이 질렸다는 듯 고개를 흔들어 댔다.

“에라이, 사촌끼리 다 해먹네.”

“그러게나 말이야. 우린 뭘 먹으라고.”

“하아, 진짜 이러다 몇 이닝 던져 보지도 못하고 대회 끝나겠네.”

강동원이 바로 앞에 앉아 있는데도 투수들은 푸념을 멈추지 않았다.

강동원은 애써 못들은 척했다. 투수라면 누구나 이런 무대에서 공을 던지고 싶을 터. 그 기회를 잡은 자로서 그렇지 못한 자들의 푸념 정도는 들어줘도 상관없다고 여겼다.

청소년 대표 팀은 8회와 9회 각각 최선영과 고우민을 마운드에 올려 경기를 마무리 지었다. 최선영과 고우민은 선발로 나서지 못한 것에 대한 분풀이라도 하듯 4개의 삼진을 합작하며 대만 타자들을 힘으로 억눌렀다.

그렇게 대한민국 청소년 대표 팀은 난적 대만을 5 대 1로 잡아내고 예선 3승째를 챙겼다. 그리고 사실상 B그룹 1위 자리를 굳혔다.

“다들 고생했네.”

“고생 많으셨습니다, 감독님.”

"고생하셨습니다, 감독님."

의례처럼 주고받는 인사였지만 김운식 감독과 코치들의 표정은 한결 가벼워져 있었다.

라이벌인 쿠바와 대만을 꺾고 3승을 거둔 이상 최소 슈퍼라운드 진출은 확정된 것이나 다름이 없었다. 청소년 대표팀이 남은 두 경기에서 모두 패배하더라도 최소 3위 자리는 확보가 된 상태였다.

게다가 대한민국 청소년 대표 팀은 B그룹 약체로 꼽히는 캐나다와 이탈리아만 남아 있는 상태였다. 이변이 없는 한 캐나다나 이탈리아에게 덜미를 잡힐 가능성은 거의 없다시피 했다.

다음 날 선발로 나선 최충언은 6이닝 동안 5피안타 1실점 호투로 캐나다 타선을 잠재웠다. 경기는 12 대 1 청소년 대표 팀의 7회 콜드 게임 승리. 가볍게 4승을 챙기면서 청소년 대표 팀의 B조 1위는 확정이 되었다.

공동 2위(3승 1패)인 쿠바와 대만, 둘 중 누가 이기더라도 승자승 원칙에 따라 대한민국의 1위는 변함이 없었다.

그렇다 보니 김운식 감독과 코치들도 남은 이탈리아전보다 슈퍼라운드 쪽 전략을 세우는 데 시간을 할애했다. 솔직히 이탈리아전은 남은 투수 중 아무나 내보내도 충분히 상대할 자신이 있었다.

문제는 슈퍼라운드였다. 예상대로 미국과 일본이 A조 슈퍼라운드 티켓을 거머쥔 상태라 이들을 상대할 수 있는 선발진 구성이 가장 중요했다.

슈퍼라운드에 필요한 세 명의 선발 투수 중 두 자리는 일찌감치 결정이 되어 있었다.

강동원과 강동열.

쿠바와 대만전에서 빼어난 피칭을 선보인 둘은 각기 미국과 일본전 선발 투수로 낙점을 받은 상태였다.

문제는 남은 한 자리였다. 3선발이라고는 하지만 한 경기라도 패배하면 결승 진출이 위험해지는 슈퍼라운드 방식상 A그룹 3위 팀을 상대로 꼭 이겨줄 만한 투수가 필요했다.

"최충언이 괜찮을 것 같습니다."

김성희 타격 코치는 최충언을 밀었다. 최충언이 캐나다전에서 보여주었던 투구라면 3위 팀이 누가 되더라도 충분히 대표 팀을 승리로 이끌어줄 것 같았다.

반면 김성식 투수 코치의 생각은 달랐다.

"상대가 약체였다고는 하지만 재윤이가 첫 단추를 잘 꿰어주었습니다. 저는 재윤이에게 기회를 주고 싶습니다."

김운식 감독과 박준태 수석 코치는 아직 속내를 꺼내지 않았다. 유재윤과 최충언, 둘 중 누구라 하더라도 충분히 잘해줄 거란 믿음이 있으니 결정을 내리기가 쉽지 않았다.

그런데 여기서 또다시 변수가 발생했다.

마지막 날 이탈리아전 선발로 등판한 송일섭이 어마어마한 피칭을 선보인 것이다.

7이닝 2피안타 무실점.

사사구 하나 없이 삼진은 9개나 잡아냈다.

"뭐야, 저 자식. 미친 거 아냐?"

"약 빨았네. 약 빤 게 분명해."

청소년 대표 팀 동료들조차 혀를 내두를 만큼 송일섭은 인생 경기를 펼쳤다. 공이 포수가 원하는 곳으로 팍팍 들어갔다. 구속도 잘 나왔고, 무엇보다 자로 잰 듯한 제구가 일품이었다. 사사구를 끔찍이도 싫어하는 김운식 감독이 시종일관 고개를 주억거릴 정도였다.

상황이 이렇다 보니 코칭스태프들의 머리는 아파만 왔다.

"하아, 미치겠군."

"도대체 누굴 올려야 하는 거지?"

경기가 끝난 후 박준태 수석 코치를 비롯해 코치들은 머리를 맞댄 채 고민에 고민을 거듭했다.

반면 김운식 감독은 팔짱을 낀 채 의자에 기대 앉아 있었다. 말을 하진 않았지만 내심 누군가를 점찍어 놓은 것 같은 느낌이었다.

하지만 그 사실도 모른 채 김성식 코치와 김성희 코치는 같은 말만 되풀이해 댔다.

"그래도 유재윤으로 가는 것이 좋을 것 같은데."

"아니, 내 생각에는 최충언이 나을 것 같아. 자네도 봤지 않는가. 캐나다에서의 피칭!"

"그럼 유재윤은? 가장 부담이 되었을 첫 경기에서 승리 투수가 됐는데 이대로 넘어가는 건 말이 안 되는 일이지."

"그래도 최충언이 나아. 공 자체가 달랐다고!"

김성식 코치와 김성희 코치가 남은 선발 자리를 두고 으르렁거렸다. 그러자 박준태 코치가 한숨을 내쉬며 끼어들었다.

"그렇게 따지면 오늘 던진 송일섭도 좋았지. 솔직히 말해서 투구 내용으로는 송일섭이 1등 아냐?"

박준태 코치의 한마디에 김성식 코치와 김성희 코치가 입을 다물었다. 그들조차 송일섭이 이토록 잘 던질 거라고는 예상하지 못한 것이다.

그때였다.

"이쯤에서 결정을 내리지."

침묵을 지키던 김운식 감독이 넌지시 운을 뗐다. 동시에 세 코치의 시선이 김운식 감독을 향해 움직였다.

"누굴…… 생각하고 계시는지요?"

박준태 코치가 조심스럽게 물었다.

그러자 김운식 감독이 씩 웃으며 대답했다.

"나머지 한 자리는 송일섭으로 가세."

"네에?"

"송일섭으로요?"

예상 밖의 호명에 김성식 코치와 김성희 코치가 당혹스러운 표정을 감추지 못했다. 반면 박준태 코치는 그럴 줄 알았다며 씁쓸히 웃어 보였다.

하지만 김운식 감독의 판단이 잘못된 건 절대 아니었다. 한 수 아래라고는 하지만 이탈리아전에서 보여주었던 송일섭의 투구는 솔직히 강동원이나 강동열에 비견될 정도로 훌륭했다.

이로써 슈퍼라운드에 나설 청소년 대표 팀의 3명의 선발투수가 정해졌다.

해명 고등학교 강동원(3학년).

덕선 고등학교 강동열(2학년).

덕선 고등학교 송일섭(3학년).

그리고 이 같은 사실은 곧바로 선수들에게 통보되었다.

"예? 제가요?"

깜짝 선발로 발탁된 송일섭은 어안이 벙벙한 표정이었다.

반면 선발이 유력했던 유재윤과 최충언은 잔뜩 인상을 구

기며 납득할 수 없다는 표정을 지었다.

하지만 강동원은 물론이고 강동열도 송일섭으로 가는 게 맞다고 생각했다.

'일섭이는 멘탈이 약하긴 하지만 공은 좋으니까.'

'일섭 선배가 원래 에이스였으니까요.'

누가 뭐래도 송일섭은 청소년 대표 팀에 실력으로 뽑힌 투수였다. 경쟁에서 밀렸다고 해서 송일섭의 수준 자체를 폄하하는 건 누워서 침 뱉기나 다름없었다.

4

슈퍼라운드 진출국 명단

A그룹

1위 일본(5승)

2위 미국(4승 1패)

3위 호주(3승 2패)

B그룹

1위 대한민국(5승)

2위 쿠바(4승 1패)

3위 대만(3승 2패)

슈퍼라운드 순위

1위 대한민국(2승)

1위 일본(2승)

3위 쿠바(1승 1패)

3위 미국(1승 1패)

5위 대만(2패)

6위 호주(2패)

슈퍼라운드 방식에 따라 대한민국은 A그룹에서 올라온 일본, 미국, 호주와 다시 경기를 갖게 되었다.

일정상 첫 경기는 미국이었다. 두 번째 경기는 일본, 호주전은 마지막 날 진행될 예정이었다.

슈퍼라운드에 맞춰 일찌감치 선발 투수도 정해졌다.

미국전 선발은 강동원.

일본전 선발은 강동열.

호주전 선발은 송일섭.

이렇게 세 사람만 선발 투수였고 나머지 투수들은 전원 불펜 대기였다.

"쳇! 강동원하고 강동열은 그렇다 치더라도. 송일섭이라니."

"사촌끼리 해먹는 것까지는 좋아. 근데 이건 말이 안 되지."

"씨팔! 진짜 기분 드럽네!"

"아, 젠장 내가 불펜 대기나 하려고 대표 팀 됐나."

슈퍼라운드를 코앞에 둔 상황에서도 투수들은 모였다 하면 선발 명단에 대해 불만을 터뜨렸다. 주된 목표는 송일섭이었다. 일찌감치 에이스 자리를 예약한 강동원은 예외였고 2학년 강동열도 송일섭 덕분에 자주 입에 오르내리진 않았다.

유재윤과 최충언은 묵묵히 훈련에 매진했다. 누구보다 불만이 클 두 사람이지만 만에 하나라도 함부로 입을 놀렸다가 혹시 있을지 모를 투수 교체 기회마저 날아갈까 봐 입을 꾹 다물었다.

"빌어먹을, 도대체 감독님은 무슨 생각이신거지?"

"그러게 말이야. 결승 올라가려면 1경기 이상 지면 안 되는 거잖아."

"그러니까 미치겠다는 거야. 동원이야 그래, 잘 던지는 거 인정한다 쳐. 하지만 일섭이는 솔직히 아니지. 우리 중에 일섭이보다 성적 나빴던 사람이 누가 있어?"

"동열이도 그래. 대만도 아니고 일본전 선발이라고. 이번 대회 우승 후보고 홈팀인데 2학년인 동열이가 말이나 돼?"

"진짜 이러다가 동열이도 지고, 일섭이도 지면 우승은 물 건너가는 거라고."

"하아……. 진짜 어쩌려고 이러냐."

선수들의 불만 소리가 조금 떨어져서 쉬고 있던 강동원, 강동열, 송일섭의 귀에까지 들렸다. 자연스럽게 세 사람의 표정이 점점 굳어져 갔다.

"젠장, 난 이래저래 까이는군."

송일섭이 입술을 삐죽거리며 말을 했다. 그러다가 옆에 있는 강동열을 힐끔 보며 물었다.

"넌 괜찮냐?"

"뭐가요?"

"너도 나 못지않게 까이는 거 같은데."

"전 괜찮아요, 선배."

강동열이 대수롭지 않게 말했다.

하지만 내심 기분이 좋을 리 없었다.

이 자리에 오기까지 강동열은 누구보다 열심히 노력했다. 2학년은 안 된다는 편견을 깨기 위해 이를 악물고 던졌다. 그리고 그 노력의 결실로 청소년 대표 팀에 합류하게 됐다고 생각했다.

그런데 다른 사람들도 아닌 동료들이 자신은 안 된다고 말을 하고 있었다. 그것도 실력의 문제가 아닌 나이가 어리다는 이유로, 고작 2학년이라는 이유로 무시하려 들었다.

반면 강동원에 대해서는 다들 별다른 불만을 드러내지 않는 듯했다. 물론 어느 정도 이해는 되었다. 올 시즌은 물론이고 예선전까지 강동원은 여기 있는 그 누구보다도 압도적인 피칭을 선보였다. 실력으로 증명하니 감히 누구하나 토를 달지 않았다.

'예전에는 이 정도는 아니었는데.'

강동열의 시선이 자연스럽게 강동원에게 향했다.

그러자 강동원이 멋쩍은 듯 냉큼 말을 돌렸다.

"야, 야. 그냥 신경 쓰지 마! 저 녀석들 부러워서 그러는 거야."

"너에 대해선 말이 없다 이거냐? 하긴 인정을 받았으니 여유롭겠지."

송일섭이 입술을 삐죽거리며 말했다. 그러자 강동원이 나직이 한숨을 내쉬었다.

"너 바보냐. 저 녀석들이 뭐라고 하는 게 무슨 상관이야? 널 뽑은 건 감독님이고 널 호주전 선발로 낙점한 것도 감독님이야. 감독님이 설마 이유도 없이 그러셨겠냐?"

"후우……."

"그러니까 일섭이 넌 호주전만 생각해. 다른 거 신경 쓰지 말라고. 이탈리아전처럼 제대로 던져 봐. 어차피 실력으로 보여주면 뒷말은 들어가게 되어 있으니까 동열이 너도 쓸데없이 다른 거 신경 쓸 여유 없다. 네 상대 일본이야."

강동원의 잔소리에 강동열과 송일섭이 고개를 주억거렸다. 마음에 드는 상대는 아니었지만 강동원의 말이 틀리지는 않았다.

"우리가 잘해야 해. 그래야 대표 팀이 우승할 수 있다고."

강동원이 다시 한번 의지를 다졌다.

사라진 과거 속 청소년 대표 팀은 미국과 일본에 연패하며 3, 4위전으로 추락하는 아픔을 맛았다. 그 과거를 되풀이하지 않기 위해서라도 정신을 바짝 차리고 슈퍼라운드에 임할 필요가 있었다.

그렇게 또 하루가 흘러갔다. 그리고 슈퍼라운드 첫 경기인 미국전이 코앞으로 다가왔다.

5

찰칵! 찰칵!

"이쪽 한 번만 봐 주세요!"

"감독님! 여기요!"

카메라 플래시가 터지는 인터뷰장 안으로 대한민국 청소년 대표 팀 김운식 감독과 미국 대표 팀 데이브 폴 감독이 입장했다. 그들을 따라 대표 선수들과 협회 임직원이 자리했다.

"예선 1위로 올라온 걸 축하합니다."

"미국 경기도 잘 봤습니다."

김운식 감독과 데이브 폴 감독은 의례적인 인사를 나눈 뒤 악수를 하고 각자 자리에 앉았다. 그리고 얼마 지나지 않아 테이블 주변으로 팽팽한 긴장감이 흘렀다.

'이거 엄청 떨리는데?'

김운식 감독과 함께 자리한 4번 타자 하석진이 마른침을 꿀꺽 삼켰다.

당초 오늘 인터뷰에는 강동원이 함께할 예정이었다.

하지만 만에 하나 내일 선발 등판에 차질이 생길수도 있다는 우려에 하석진이 대신 나서게 됐다.

물론 하석진도 대표로 참석할 만한 자격은 충분했다. 이번 대회 예선에서 3개의 홈런을 때려내며 홈런 공동 1위에 올라 있었다.

마찬가지로 미국 대표 팀 데이브 폴 감독 옆자리에는 에이스인 제이콥 필립스가 아닌 제레미 존스가 나와 있었다.

제레미 존스는 미국 대표 팀의 1번 타자였다. 하석진 같은 중심 타자는 아니지만 하석진과 똑같이 예선전에서 3개의 홈런을 때려내며 홈런 공동 1위에 이름을 올리고 있었다.

게다가 제레미 존스의 인기는 미국 대표 팀 내에서도 1, 2위를 다툴 만큼 높았다. 메이저리그 스카우터들 사이에서도 애스트로스의 1번 타자인 호세 엘투베처럼 만능 1번 타자감이라는 칭찬이 자자했다.

호세 엘투베는 메이저리그 최단신(165㎝)에 꼽히는 타자였다. 대한민국 남성의 평균 키인 173㎝보다도 훨씬 작은 키로 엄청난 역사를 써 내려가는 타자였다.

호세 엘투베의 야구 열정과 끈기는 말로 설명할 수 없을 만큼 대단했다. 키가 작다는 이유로 수많은 편견에 시달려 왔지만 그것을 끊임없는 훈련으로 극복해 냈다. 그것으로도 모자라 최근에는 장타력도 부쩍 좋아졌다. 한 자릿수 홈런에서 벗어나 올 시즌 두 자릿수 홈런을 기록 중이었다.

그런 위대한 선수의 닮은꼴로 제레미 존스의 이름이 거론되고 있으니 메이저리그 스카우터들의 기대감이 어느 정도인지 충분히 짐작을 할 수 있었다.

"네, 찍어요. 맘껏 찍으세요."

제레미 존스는 인터뷰 룸에 들어서면서부터 매우 여유롭게 미소를 지었다. 전혀 긴장한 기색도 없었다. 이런 자리에 익숙한 모습이었다. 어쩌면 그래서 데이브 폴 감독이 제레미 존스를 대표 선수로 데리고 온 것인지도 몰랐다.

"먼저 대한민국은 예선전 5전 전승을 거뒀습니다. 목표가 어디까지입니까?"

인터뷰가 시작되고 가장 먼저 마이크를 잡은 일본 기자가 김운식 감독에게 질문했다. 예선전 5전 전승이라는 말에 힘을 준 것으로 봐서는 한국과 일본이 현재 1위를 달리고 있다는 사실을 강조하고 싶었던 것 같았다.

"우리 대한민국의 목표는 당연히 우승입니다. 우승을 위해 도쿄 돔에 왔고, 반드시 우승 트로피를 가지고 귀국할 것입니다."

김운식 감독은 자신만만한 목소리로 말했다. 일본 기자의 질문 의도가 뻔한데 여기서 약한 모습을 보일 생각이 없었다.

그러자 옆자리에 앉아 있던 데이브 폴 감독이 불쾌하다는 표정을 지었다.

"한국이 슈퍼라운드에서 상대해야 할 나라가 일본과 미국인데요. 자신이 있다는 이야기인가요?"

"모든 경기에서 최선을 다하다 보면 좋은 결과가 있을 것이라고 생각하고 있습니다."

"그렇다면 미국전 가장 경계할 선수는 누구입니까?"

기자의 거듭되는 질문에 김운식 감독이 힐끔 옆에 앉은 제레미 존스를 보았다. 그러곤 다시 기자를 바라보며 말했다.

"옆에 앉아 있는 제레미 존스 선수를 비롯해 미국 대표 팀 모든 선수를 경계해야 할 것 같습니다."

"그중에서도 특히 경계를 해야 할 선수 한 명을 굳이 뽑

자면?"

"굳이 뽑으라면…… 제이크 베이 선수를 신경 쓰입니다."

김운식 감독이 솔직하게 대답했다. 제레미 존스도 분명 좋은 선수이긴 하지만 아무래도 중심 타선에 배치된 4번 타자 제이크 베이가 가장 신경 쓰일 수밖에 없었다.

하지만 통역을 통해 김운식 감독의 말을 전해 들은 제레미 존스는 잔뜩 얼굴을 굳혔다.

'뭐? 내가 아니라 제이크라고? 젠장할! 그 자식도 홈런 3개고 나도 홈런 3개라고. 오히려 체구가 작은데도 불구하고 홈런을 3개나 때린 내 쪽이 더 무섭지 않아? 아니면, 나 정도는 충분히 잡을 수 있다고 생각하는 거야?'

제레미 존스가 김운식 감독을 무섭게 째려보았다. 하지만 김운식 감독은 그 사실을 알아채지 못했다. 기자들의 짓궂은 질문을 최대한 태연하게 받아 넘기느라 정신이 하나도 없었다.

그렇게 몇 가지 질문이 더 오간 뒤 이번에는 미국 대표 팀 쪽으로 질문들이 몰려들었다.

"예선전에서 일본에게 아쉽게 졌는데요."

"하필이면 첫 경기에서 일본을 만난 게 불운했다. 장거리 여행과 낯선 환경 탓인지 선수들이 긴장을 많이 했던 것 같다. 게다가 이곳은 일본의 홈이 아닌가."

“2위로 올라 왔는데 소감은 어떤가요?”

“예선 결과가 슈퍼라운드에서 이어지는 규정상 1패를 떠안고 있다는 게 부담스러운 건 사실이다. 하지만 그렇기 때문에 선수들과 더욱 최선을 다해 경기에 임할 생각이다.”

데이브 폴 감독도 김운식 감독 못지않게 자신감에 가득한 얼굴로 여유 있게 인터뷰에 응했다.

“미국은 슈퍼라운드에서 1패라도 하면 결승 진출이 어려운데 한국을 이길 자신은 있습니까?”

“물론이다. 대한민국을 이길 자신 있다.”

“그럼 이번에는 제레미 존스 선수에게 묻겠습니다. 대한민국 선발로 에이스인 강동원 선수가 나온다고 하는데 혹시 강동원 선수에 대해 알고 있는 게 있나요?”

한국 기자 중 한 명이 강동원의 이름을 언급했다.

그러자 제레미 존스가 기다렸다는 듯이 손가락으로 귀를 후볐다.

“강동원? 그 선수가 누구죠?”

통역이 옆에서 강동원에 대해 재차 설명해 주었지만 제레미 존스는 여전히 모르겠다는 표정을 지었다. 그러고는 질문을 던진 기자에게 되물었다.

“당신은 강동원 선수를 알고 있습니까?”

“물론입니다. 당연히 잘 알고 있습니다.”

"그럼 그 선수 공은 어떻죠? 포심 패스트볼은 던질 줄 압니까? 구속이 90마일(145㎞/h)은 나오나요?"

"지, 지금 대한민국과 남아프리카 공화국을 헷갈린 거 같은데……."

"아, 그런가요?"

제레미 존스가 아무것도 모른다는 얼굴로 강동원과 한국 청소년 대표 팀을 농락했다. 그러자 몇몇 미국 기자가 보란 듯이 웃어대기 시작했다.

"이 자식이 보자보자 하니까."

통역을 통해 제레미 존스의 조롱을 전해 들은 하석진이 흥분을 참지 못했다. 그러자 김운식 감독이 냉큼 하석진을 달랬다.

"진정해라. 이런 말장난에 넘어가 봐야 좋을 건 하나도 없다."

하석진을 대신해 다른 한국의 기자가 강동원에 대해 설명을 늘어놓았다.

"아무것도 모르는 제레미 존스 선수를 위해 알려주자면, 강동원 선수는 포심 패스트볼을 던질 줄 압니다. 최고 구속도 97mile/h≒156.1㎞/h)정도구요."

"97mile/h? 정말인가요?"

"물론입니다. 경기 중에 나온 구속입니다."

“한국의 스피드건을 믿을 수 있는지 모르겠네요.”

제레미 존스가 실실 웃음을 흘렸다. 그러고는 기자들을 바라보며 단호한 목소리로 말했다.

“97mile/h이어도 좋고 100mile/h이어도 좋습니다. 난 그런 공을 수없이 때려왔으니까요. 이번에도 강동원의 공을 담장 밖으로 넘겨 버릴 겁니다.”

제레미 존스의 자신감에 찬 목소리가 인터뷰 룸 가득 울려 퍼졌다.

그리고 그 내용이 강동원의 귀에까지 전해졌다.

6

다음 날.

도쿄 돔에서 대한민국 대 미국의 슈퍼라운드 첫경기가 시작되었다.

도쿄 돔으로 입성한 청소년 대표 팀 선수들은 운동장으로 나와 각자 몸을 풀었다.

본선이나 마찬가지인 슈퍼라운드여서일까. 선수들의 사진을 찍기 위해 기자들이 부지런히 셔터를 눌러댔다.

다른 한편에는 메이저리그 스카우터들이 잔뜩 모여 있었다. 그들의 시선은 대부분 미국 대표 팀 선수들을 향해 있었다. 물론 몇몇 스카우터는 강동원에게 관심을 보였다. 하지만 그 관심도 잠깐에 불과했다. 미국 대표 팀 주전 선수들이 본격적으로 몸을 풀자 그들을 관찰하느라 정신이 없었다.

"강동원이 쿠바전에 잘 던지긴 했지만 오늘은 힘들겠지?"

"그럼, 쿠바하고 우리 미국하고 어디 같은가?"

"강동원에 대한 데이터 분석도 끝이 났다니까 오늘 볼만할 거야."

"솔직히 강동원의 커브가 미국 대표 팀에게 통할 정도라고는 생각하지 않으니까."

메이저리그 스카우터들이 떠드는 소리에 한국 기자들 표정이 딱딱하게 굳어졌다. 제아무리 메이저리그 스카우트라 하더라도 대한민국을 깔보는 듯한 태도가 마음에 들 리 없었다.

"저 새끼들! 뭘 안다고 지껄이는 거야?"

"김 기자, 됐어. 신경 꺼! 어차피 오늘 미국이 지면 쏙 들어갈 테니까."

한편 청소년 대표 팀 선수들은 다른 이유로 미국 대표 팀 선수들에게서 눈을 떼지 못했다.

"저 자식들은 도대체 뭘 처먹었기에 저렇게 덩치가 좋은 거야?"

"딱 보면 모르냐? 햄버거하고 버터만 신나게 먹었겠지."

"우와, 저 자식. 방망이 휘두르는 것 봐. 엄청나네."

"아, 진짜. 오늘 선발이 아닌 게 천만 다행이라니까."

선수들이 좀처럼 정신을 차리지 못하자 보다 못한 박준태 수석 코치가 그라운드로 나왔다.

"이제 곧 경기 시작인데 이렇게 떠들 시간이 어디 있어? 빨리빨리 몸들 풀어!"

박준태 코치의 쓴소리에 선수들이 언제 그랬냐는 것처럼 다시 몸풀기에 열중했다.

"선수들이 벌써부터 기가 죽으면 안 되는데. 그나저나 동원이가 걱정이네."

걱정스런 눈으로 선수들을 살피던 박준태 코치의 시선이 저만치 떨어져 스트레칭을 하고 있는 강동원에게 향했다. 강동원은 박상현과 이야기를 주고받으며 투구 준비를 하고 있었다.

다행히도 강동원의 얼굴에서는 별다른 긴장감이 느껴지지 않았다. 오히려 종종 입가에 미소를 그리는 게 박준태 코치의 불안한 마음을 깨끗이 씻어주었다.

"동원아, 염치없지만 오늘 경기도 잘 부탁한다."

박준태 코치가 주문을 외듯 나직이 중얼거렸다.

그렇게 시간이 흐르고 경기 시작을 알리는 장내 아나운서 목소리가 울렸다.

"상현아, 가자."

"그래."

미국 대표 팀이 선공이라 강동원이 글러브를 챙겨 들고 더그아웃을 나섰다.

그때 김운식 감독이 강동원을 불러 세웠다.

"동원아, 오늘 컨디션 어떠니?"

"네, 좋습니다."

"상대가 미국이라는 거 신경 쓰지 마라. 안타를 맞아도 좋고 점수를 내줘도 좋다. 다른 건 필요 없으니까 후회 없도록 최선을 다해 던지고 오너라."

"넵, 감독님!"

강동원이 힘차게 대답을 한 후 마운드를 향해 뛰어나갔다. 그 모습을 지켜보며 김운식 감독이 슬쩍 입가에 미소를 그렸다.

슥. 스윽.

마운드에 오른 강동원은 가장 먼저 디딤발을 내디딜 위치의 흙부터 골랐다. 그다음 투구판도 확인을 했다.

"후우……."

기본적인 준비를 끝낸 뒤 강동원이 길게 숨을 골랐다.

도쿄 돔구장의 마운드.

쿠바전에 이어 두 번째로 올라오는 것이지만 언제나 이곳에 서면 그 웅장한 기운에 사로잡혀 버릴 것 같았다.

"후우……!"

강동원이 크게 숨을 들이켠 뒤 힘껏 내쉬었다. 그렇게 불안함과 떨림을 함께 떨쳐 냈다.

잠시 후.

"플레이볼!"

구심의 선언과 함께 미국 대 한국의 슈퍼라운드 1차전이 시작되었다.

선두 타자는 미국 대표 팀의 1번 타자인 제레미 존스.

자연스럽게 강동원의 머릿속으로 제레미 존스에 대한 정보가 떠올랐다.

제레미 존스는 호세 엘투베에 비견될 정도로 타격 센스가 좋은 좌타자였다. 거기다 발로 빨라 내야 안타를 자주 만들어내는 타입의 선수였다.

게다가 타석에서 투수의 신경을 거스르는 짓을 자주 하기로도 유명했다. 지금도 제레미 존스는 타석에 들어서자 발을 왔다 갔다 하며 방망이를 빙글 돌려댔다.

박상현은 제레미 존스의 타격 준비 동작이 끝날 때까지 기다린 뒤 신중하게 사인을 보냈다.

'초구는 좀 지켜보는 게 좋을 거 같으니까 바깥쪽 포심 패스트볼로 가자.'

그러나 사인을 받은 강동원은 고개를 가로저었다.

박상현은 순간 고개를 갸웃했다. 그리고 강동원이 잘못 봤나 싶어 다시 같은 사인을 보냈다.

하지만 이번에도 강동원이 고개를 흔들었다.

'저 녀석, 왜 저러지?'

박상현은 잠시 고민을 하다가 커브 사인을 보냈다. 어쩌면 강동원이 다른 공을 던지고 싶어 하는지도 모른다고 여겼다.

하지만 강동원은 이것마저도 고개를 가로저었다.

'대체 뭐야?'

참다못한 박상현이 심판에게 타임을 부른 후 마운드에 올라왔다.

"동원아, 왜 그래? 내 사인을 못 본 거야?"

"아니, 잘 보여."

"그럼 대체 이러는 이유가 뭔데?"

"내가 원하는 구종과 코스가 아니니까 그러는 거지."

강동원이 장난스럽게 말했다. 하지만 그의 눈빛만큼은 더없이 진지하기만 했다.

"후우……. 그래서 뭘 원하는데?"

"정중앙. 포심."

"야, 너 미쳤냐? 초구부터 정중앙이라니?"

"왜? 너도 내가 얻어맞을 것 같아?"

"누가 그렇데?"

"애들 다 쫄아 있는데 나까지 도망 다니면 좀 그렇잖아. 그러니까 한번 붙어보자고. 까짓 거 맞아봐야 솔로 홈런이잖아."

강동원의 말에 박상현이 내야수들을 한번 쳐다보았다. 내색하지 않았지만 마운드를 바라보는 선수들의 얼굴은 하나같이 굳어 있었다.

"정말 괜찮겠어?"

"그럼 괜찮지. 걱정 말고 미트나 꽉 들고 있어."

"하아. 그래, 알았다. 누가 널 말리겠냐."

박상현이 고개를 저으며 다시 자신의 자리로 갔다. 그리고 사인을 보내지도 않고 그대로 포수 미트를 들었다.

'어차피 한복판 포심인데 무슨 사인이 필요해. 자! 여기로 던져!'

박상현의 미트를 확인한 강동원이 고개를 끄덕였다.

"후우……."

다시 한번 숨을 고른 뒤 와인드업 포지션에서 힘차게 발을 내디뎠다. 그리고 이를 악물며 박상현의 포수 미트를 향해 있는 힘껏 공을 던졌다.

후앗!

강동원의 손을 빠져나간 공이 하얀 줄기를 그리며 앞으로 뻗어 나갔다.

그러고는.

퍼엉!

그대로 박상현의 미트를 흔들어 놓았다.

"스트라이크!"

심판이 단호하게 소리쳤다. 그리고 잠시 후.

"우오오오오!"

전광판에 찍힌 숫자에 관중들이 웅성거리기 시작했다.

[158㎞/h(≒98mile/h)]

강동원의 개인 최고 구속이 경신되는 순간이었다.

"허허……."

"지난 경기 때보다 공이 더 빨라졌어."

경기를 지켜보던 메이저리그 스카우터들의 입에서도 감탄이 터져 나왔다. 서양인도 아니고 동양인 소년이 158㎞/h라니. 이대로 가다간 100mile/h(≒160.9㎞/h)도 문제없을 것 같았다.

제레미 존스도 포수 미트에 박힌 공을 확인하고 헛웃음을 지었다. 생각지도 못한 빠른 공이 그것도 한복판에 파고들 줄은 미처 예상하지 못한 것이다.

'이 자식 보게?'

제레미 존스가 강동원을 노려보며 입꼬리를 말아 올렸다.

그러자 강동원이 보란 듯이 로진 가루를 길게 불어냈다.

'어때? 이게 네 녀석이 얼마든지 홈런을 만들어 보겠다고 한 그 공이다.'

강동원은 제레미 존스를 뚫어져라 응시했다.

비록 어제 있었던 기자회견에는 참석하지 않았지만 강동원은 제레미 존스가 지껄인 인터뷰 내용을 정확하게 기억하고 있었다. 하석진이 마치 제 일이라도 되는 것처럼 돌아와서 열을 내니 모르고 싶어도 모를 수가 없었다.

우승 후보국들 간의 맞대결인 만큼 강동원도 어느 정도 도발적인 말들은 충분히 웃어넘기려 했다.

하지만 제레미 존스의 망발은 그냥 넘어가 줄 수가 없었다. 한국 야구를 야구 변방국들 수준으로 폄하하는 제레미 존스만큼은 어떻게든 삼진으로 돌려세우고 싶었다.

'웃지 마, 이 자식아. 내가 너만큼은 확실하게 잡을 거니까!'

강동원의 눈빛이 날카롭게 변하자 제레미 존스도 입가에서 헤픈 미소를 지웠다. 대신 방망이를 단단히 들어 올렸다.

'겁도 없이 이런 식으로 나에게 승부를 걸어오다니. 좋아, 너의 그 승부를 받아주지.'

그사이 박상현이 2구째 사인을 냈다. 손가락 사인은 두 개. 코스 없이 미트를 한복판으로 들어 올렸다.

한복판 포심 패스트볼에 이어 이번에는 한복판 커브를 요구한 것이다.

강동원의 입 꼬리가 슬며시 올라갔다.

'후훗, 이제야 맘에 드는 사인을 보내네. 당연히 그래야지.'

강동원이 단단히 투구판을 밟은 뒤 글러브 안에서 커브 그립을 고쳐 쥐었다. 그리고 힘껏 다리를 올려 와인드업을 한 후 힘차게 앞발을 내디뎠다.

후앗!

흡사 도끼를 패듯 앞으로 찍어 내던진 커브가 빠르게 제레미 존스의 시야로 파고들었다.

'브레이킹볼!'

제레미 존스는 정확한 구종을 파악하지 못하고 머뭇거렸다. 커브라고 여기기에는 생각보다 구속이 빠르다고 느낀 것이다.

그사이 뚝 하고 떨어진 공은 그대로 홈 플레이트 한가운데를 지나 박상현의 미트 속에 파묻혔다.

"스트라이크!"

구심이 두 번째 스트라이크를 외쳤다.

자연스럽게 제레미 존스의 얼굴이 와락 일그러졌다.

전략 분석 팀에서 조심하라고 했던 그 이상한 커브였다. 그 커브가 이렇게 빨리 들어올 줄은 미처 예상하지 못했다.

게다가 제레미 존스를 더 짜증 나게 만드는 건 따로 있었다.

'제기랄, 또 한가운데라니!'

제레미 존스의 얼굴에 웃음기가 확 사라졌다. 초구는 그렇다 치고 2구까지 한복판이라는 건 자신을 우습게 여긴다는 소리나 다름없었다.

"후우……."

타석에서 벗어난 제레미 존스가 가볍게 방망이를 휘둘렀다. 그러면서 복잡해진 머릿속을 정리했다.

'생각보다 공이 좋긴 하지만 별거 없어. 충분히 칠 수 있어. 칠 수 있다고.'

제레미 존스가 어렵사리 마음을 다잡았다. 투 스트라이크 노 볼로 볼카운트가 몰리긴 했지만 이 정도 공이라면 얼마든지 때려낼 수 있다고 여겼다.

'일단 애매한 공은 커트한다. 확실하게 들어온 공만 노리자!'

머릿속을 정리한 제레미 존스의 표정이 한결 진지해졌다.

그러자 박상현도 조심스럽게 사인을 냈다.

체인지업.

그것도 바깥쪽으로 빠져나가는, 보여주기 위한 공을 요구했다.

'체인지업이라.'

강동원은 살짝 미간을 찌푸렸다. 솔직히 마음 같아선 몸쪽에 포심 패스트볼을 붙여 넣어 삼진을 잡아내고 싶었다.

하지만 까다로운 타자 제레미 존스를 상대로 스트라이크존을 넓게 쓰지 않으면 승산이 없는 건 사실이었다.

'일단 바깥쪽으로 하나 유인한 다음에 몸 쪽을 파고들자는 말이겠지. 그렇다면…….'

강동원이 고개를 끄덕인 뒤 힘차게 투구판을 박차고 앞으로 나갔다.

후앗!

강동원의 손끝을 빠져나간 공이 한복판에서 바깥쪽으로 흘러 나갔다.

그 순간.

'온다!'

제레미 존스의 눈이 반짝였다.

후웅!

제레미 존스가 망설이지 않고 곧장 방망이를 내돌렸다. 강동원이 포심 패스트볼을 던진 것이라고 생각했다.

하지만 정작 공은 패스트볼처럼 날아가다가 홈 플레이트

앞쪽에서 속도가 줄더니 갑자기 뚝 떨어졌다.

'걸려들었어!'

강동원이 보란 듯이 입가를 비틀어 올렸다. 제레미 존스의 스윙 타이밍상 헛스윙이 될 가능성이 높다고 여겼다. 자연스럽게 제레미 존스를 3구 삼진으로 잡아냈다고 생각했다.

그러나 제레미 존스도 그냥 당하고만 있진 않았다.

'어딜!'

마지막 순간에 갑자기 왼팔을 놓더니 한쪽 손으로 방망이를 컨트롤하며 떨어지는 공에 대처를 했다.

딱!

제레미 존스의 방망이 끝으로 공이 걸렸다. 박상현이 재빨리 파울 팁 처리를 하려 했지만 타구는 미트 아래쪽에 걸린 뒤 그대로 바닥에 떨어져 버렸다.

"젠장! 잡을 수 있었는데."

박상현은 심판에게 새 공을 받고 강동원에게 던져 주었다. 공을 받은 강동원이 대수롭지 않게 고개를 주억거렸다. 하지만 속으로는 아쉬움을 감추지 못했다.

'제길, 삼진이 될 줄 알았는데…….'

특별히 삼진을 의도했던 건 아니었다. 하지만 막상 삼진 직전에서 제레미 존스가 살아나니 꼭 삼진을 빼앗긴 것 같은 기분마저 들었다.

한편으로는 제레미 존스의 집중력이 대단하다는 생각도 들었다.

'역시 괜히 언론의 주목을 받는 게 아니었군.'

흥분을 가라앉히며 강동원이 로진백을 주물렀다. 그리고 손에 묻은 흰 가루를 길게 불어낸 후 마운드에 섰다.

'어디, 던져 봐라!'

제레미 존스도 이를 악물고 방망이를 움켜쥐었다.

따악!

강동원이 4구째 몸 쪽으로 파고드는 슬라이더를 던지자 제레미 존스가 기다렸다는 듯이 커트해 냈다.

5구째 던진 바깥쪽 커브도 마찬가지. 무릎을 낮춰가면서까지 타이밍을 맞추더니 기어코 건드려 파울을 만들어냈다.

'젠장. 애매한 공들까지 전부 커트를 해버리니…….'

구심에게 새 공을 받으며 박상현이 눈살을 찌푸렸다. 차라리 타구가 필드 안으로 굴러간다면 어떻게든 결과가 나올 텐데 계속해서 커트만 해대고 있으니 슬슬 짜증이 밀려왔다.

강동원도 늘어나는 투구 수에 미간을 찌푸렸다. 볼카운트는 투 스트라이크 노 볼이었지만 꼭 제레미 존스에게 끌려다니는 것 같은 기분마저 들었다.

'상현아, 이번에 끝내자.'

강동원이 승부를 걸자며 수신호를 보냈다.

하지만 박상현은 쉽게 사인을 보내지 못했다.

'뭘 요구해야 하지?'

팔이 긴 제레미 존스는 스트라이크존 근처로 들어오는 공들을 전부 커트해 버렸다. 그렇다고 대놓고 볼을 던지긴 어려웠다. 유인구에 속지도 않는데 쓸데없이 볼카운트만 나빠질 뿐이었다.

'일본전 때 제레미 존스가 헛스윙을 했던 코스가 있긴 한데……. 거기를 한번 노려볼까?'

잠시 고심하던 박상현이 조심스럽게 사인을 보냈다.

'몸 쪽 하이 패스트볼. 정확하게 가슴 쪽으로 날아오는 포심 패스트볼이야.'

박상현은 혹시라도 강동원이 헷갈려 할까 봐 손가락에 잔뜩 힘을 주었다. 덕분에 강동원도 단번에 사인을 확인할 수 있었다.

'그래, 좋아. 해보자.'

강동원이 단단히 고개를 끄덕였다. 그렇지 않아도 뻔한 볼배합으로는 제레미 존스를 잡아내지 못할 거란 생각이 들던 차였다.

제레미 존스도 왠지 이번에는 확실하게 승부가 들어올 것이라는 예감이 들었다.

'포심 패스트볼? 아니야, 커브야.'

제레미 존스의 머리가 빠르게 돌아갔다.

'그래 2구째 던진 바로 그 공이 들어올 거야.'

제레미 존스의 방망이에 힘이 들어갔다. 노림수가 정해지니 망설일 게 전혀 없어졌다.

그러는 동안 강동원도 빠르게 와인드업에 들어갔다.

후앗!

강동원의 손끝을 빠져나간 공이 곧장 제레미 존스의 몸 쪽을 파고들었다. 순간 제레미 존스의 눈에 그 공이 2구째 들어온 요상한 커브와 겹쳐 보였다.

하지만 그것도 잠시.

'젠장, 속았다!'

커브가 아니라 포심 패스트볼이라는 사실을 깨닫고는 있는 힘껏 방망이를 휘돌렸다.

하지만 공은 그보다 한참 먼저 홈 플레이트를 스치고 박상현의 미트 속에 파묻혀 버렸다.

"스트라이크, 아웃!"

심판이 요란스럽게 콜을 외쳤다.

"크으으으!"

제레미 존스의 얼굴이 경악으로 바뀌었다.

'패, 패스트볼이라니…….'

제레미 존스가 질근 입술을 깨물며 더그아웃 쪽으로 몸을 돌렸다. 그러자 대기 타석에서 기다리고 있던 2번 타자 제렛 그린이 짓궂게 입을 열었다.

"뭐야, 제레미. 너답지 않게 그런 걸 놓치고 그래?"

"시끄러워."

"걱정하지 마. 내가 네 복수는 확실히 해줄 테니까."

"……."

제레미는 아무 대답도 하지 않았다. 그저 헬멧과 방망이를 던져두고 벤치에 앉아 한참 동안 분을 삭이느라 애를 썼다.

기자석에 있던 미국 측 기자들은 저마다 조금씩 놀라는 표정을 지었다. 그들 대부분이 제레미 존스의 승리를 점쳤었다. 그런데 놀랍게도 결과는 삼진이었다. 그것도 헛스윙으로 말이다.

"뭐야, 저 자식 제법인데?"

"제레미를 삼진으로 잡다니."

"아직 1회야. 다음 타석에는 어림없지."

"하긴 그럴지도 모르지. 제레미는 저 녀석 공 처음 보잖아."

미국 기자들은 이내 별일 아니라는 듯 대화를 주고받았다. 그도 그럴 것이 낯선 투수와 낯선 타자의 대결에서는 투수가 유리하기 때문이었다.

어쨌든 강동원은 까다로운 타자 제레미 존스를 삼진을 잡아내며 산뜻한 출발을 하였다. 그리고 2번 타자인 제렛 그린을 상대하게 됐다.

퍼엉!

강동원의 손끝을 빠져나간 초구가 바깥쪽 먼 곳에 꽂혔다. 구종은 포심 패스트볼. 전광판에 찍힌 구속은 154㎞/h였다.

느낌상 하나 보여주는 공 같아서 제렛 그린은 방망이를 내밀지 않았다. 육안으로 보기에도 좀 멀다고 판단했다.

하지만 정작 주심의 콜은 제렛 그린의 생각과 달랐다.

"스트라이크!"

홈 플레이트를 조금 벗어나긴 했지만 이 정도쯤은 잡아줘도 된다고 판단한 것이다.

"이게 스트라이크예요?"

순간 제렛 그린의 눈이 크게 떠지며 심판을 쳐다보았다. 하지만 심판은 제렛 그린의 시선을 무시해 버렸다.

그와 함께 박상현과 강동원 두 배터리의 입가에 미소가 지어졌다. 마지막 순간에 조금 빠진 것 같은 느낌이 들었는데 스트라이크 판정을 받아버린 것이다.

"저걸 잡아주면 나야 좋지."

거의 아슬아슬한 공이었다. 심판에 따라 볼을 줄 수도 있는 그런 공이었다.

하지만 지금의 구심은 스트라이크를 잡아주었다. 그렇다면 앞으로도 스트라이크를 잡아줄 터.

'스트라이크존을 넓게 써보자.'

'좋아. 나도 바라던 바야.'

박상현과 묘한 미소를 주고받은 뒤 강동원이 2구를 힘껏 내던졌다.

후앗!

2구는 초구와 똑같은 코스에서 떨어지는 체인지업이었다. 또다시 포심 패스트볼이라 착각한 제렛 그린은 그 공에 곧장 방망이를 휘둘렀다.

하지만 마지막 순간에 공이 떨어지며 방망이는 허공을 가르고 말았다.

'젠장!'

제렛 그린이 입술을 잘근 씹었다. 강동원은 포심 패스트볼 아니면 커브뿐이라 여겼는데 포심 패스트볼과 똑같은 폼으로 던지는 체인지업도 만만치 않았다.

'짜증 나게 하는군.'

제렛 그린이 잠시 타석에서 벗어나 장갑을 고쳐 잡았다.

볼카운트는 투 스트라이크 노 볼.

제레미 존스와 똑같이 카운트가 몰려 버렸다.

하지만 제렛 그린에게는 제레미 존스 같은 타격 재능이 없었다. 스트라이크존에 들어오는 모든 공을 걷어낸다는 건 사실상 불가능한 일이었다.

'어떤 걸 노려야 하나? 커브? 아니면 체인지업?'

한참을 고민하던 제렛 그린이 마지못해 타석에 들어섰다. 그런 제렛 그린을 바라보며 강동원이 여유롭게 와인드업에 들어갔다. 그리고 빠르게 공을 채냈다.

후앗!

강동원의 머리 위쪽에서 빠져나온 공이 빠르게 회전하며 앞으로 날아갔다. 코스는 타자의 몸 쪽.

순간 움찔한 제렛 그린이 저도 모르게 몸을 뒤로 피했다.

하지만 정작 공은 어느 순간 급히 회전을 하며 툭 떨어졌다.

커브볼.

제레미 존스를 당혹시켰던 2구째 던진 신형 커브볼.

"스트라이크 아웃!"

구심이 요란하게 삼진을 외쳤다.

"뭐? 스트라이크?"

제렛 그린이 말도 안 된다며 펄쩍 뛰었다.

분명 공은 자신의 얼굴 쪽으로 날아왔다. 피하면서 공이 포물선을 그린다는 건 눈치챘지만 절대 스트라이크존은 파고들지 못할 거라 여겼다.

그런데 포수의 미트는 몸 쪽 스트라이크존에 정확하게 걸쳐 있었다. 프레이밍을 감안하더라도 공이 몸 쪽 스트라이크

존 상단을 통과했다는 소리였다.

'도대체 무슨 이런 공이…….'

한참 동안 박상현의 미트를 바라보던 제렛 그린이 고개를 절레절레 흔들며 더그아웃으로 향했다. 그러자 대기 타석에서 있던 3번 타자 세인 시몬이 다가왔다.

"뭐야? 무슨 공이 들어온 거야?"

"후우……. 나도 모르겠어."

"그게 무슨 소리야?"

"아니야. 어쨌든 몸 쪽 높게 날아오는 공을 조심해."

"뭐? 몸 쪽 높게 날아오는 공?"

"그래."

제렛 그린은 아리송한 말을 남긴 채 더그아웃으로 들어갔다. 그런 제렛 그린을 한참 바라보던 세인 시몬이 고개를 갸웃거리며 타석에 들어섰다.

흥! 후웅!

제렛 그린처럼 우측 타석에 선 세인 시몬은 방망이를 몇 번 휘두르고는 자세를 잡았다. 건장한 체격에서 품어져 나오는 기운이 보통이 아니었다. 검은색 피부에서 발산하는 위압감에 박상현도 살짝 긴장이 되었다.

'타석에 선 것만으로도 이 정도의 위압감이라니. 이거 조심해야겠는데.'

세인 시몬의 시선도 두 타자를 연속 삼진으로 돌려세운 강동원을 바라봤다.

하지만 그 눈빛 속에 강동원에 대한 경계심 같은 건 없었다. 오히려 세인 시몬은 딴생각에 빠져 있었다.

'제길 아직 홈런 1개야. 쪽팔리게 이게 뭐야. 오늘 최소 두 개는 담장 밖으로 넘겨야 해. 그런데 몸 쪽 높은 공을 조심하라는 게 대체 뭔 소리야?'

타석에서 주의가 산만하다는 지적을 수도 없이 받았지만 세인 시몬은 박상현과 강동원이 사인을 주고받을 때까지도 정신을 차리지 못하고 있었다. 그러다 강동원이 와인드업 자세에 들어가자 다급히 타격 자세를 취했다.

후앗!

강동원의 손끝을 빠져나온 공이 홈 플레이트 바깥쪽으로 날아들었다. 처음부터 시선을 바깥쪽에 두고 있었던 세인 시몬은 구종을 파악할 새도 없이 곧장 방망이를 움직였다.

'보나마나 빠른 공이겠지.'

세인 시몬은 강동원이 빠른 공으로 볼카운트를 잡으러 들어온 것이라 여겼다. 앞서 제레미 존스도 제렛 그린도 초구에 포심 패스트볼을 받았던 만큼 자신에게도 비슷한 볼 배합을 사용할 거라고 단순하게 생각했다.

하지만 정작 공은 세인 시몬을 놀리듯 큰 포물선을 그리며 바깥쪽으로 흘러 나가 버렸다.

강동원의 장기인 폭포수 커브.

'뭐, 뭐야? 이 자식이 초구부터…….'

세인 시몬이 이를 악물고 방망이를 멈춰 세우려 했다. 이런 공은 괜히 건드려 봐야 좋을 게 없다고 판단했다.

그런데.

따악!

떨어지는 공이 정확하게 방망이 헤더 부분에 부딪히더니 하늘 높이 튕겨 올라 버렸다.

타구는 하늘 높이 치솟았고, 세인 시몬의 얼굴이 잔뜩 일그러졌다. 방망이를 던진 그는 1루로 뛰었다.

그사이 2루수 안상헌이 다급히 뒷걸음질을 쳤다.

그런데 생각보다 공이 계속 뻗어 나갔다.

"상헌아! 내가 잡을게! 내가!"

어느새 등 뒤로 달려온 중견수 강덕진이 악을 내질렀다. 불안정한 안상헌의 자세로 공을 잡아내기란 쉽지 않을 거라 판단한 것이다.

"젠장!"

안상헌도 더는 공을 쫓기 어려웠던지 중간에서 포기를 해 버렸다. 그사이 강덕진이 팔을 쭉 뻗어서 타구를 건져 냈다.

"후우……."

조마조마한 얼굴로 타구를 지켜보던 강동원이 무겁게 한숨을 내쉬었다. 분명 빗맞았는데도 불구하고 타구가 내야를 훌쩍 넘어서 떨어졌다.

하지만 정작 미국 기자들은 세인 시몬의 타석을 다르게 해석하고 있었다.

"저 한국 투수, 제법인데."

"그러게 말야. 대한민국에도 저런 투수가 있었나?"

"무슨 커브가 저렇게나 요란하게 떨어지는 거야? 세인 시몬이 타이밍을 전혀 맞추지 못한 거 같은데?"

"이거 오늘 경기 위험한 거 아냐?"

대부분의 미국 기자는 불안함을 감추지 못했다.

예선 5경기 동안 미국 대표 팀이 승리한 경기는 4경기.

하나같이 초반에 점수를 몰아친 경기들이었다.

반면 경기 중반까지 무득점으로 끌려간 일본전에서는 패배했다. 그렇다 보니 한국전이 일본전처럼 되는 게 아니냐는 우려의 목소리들이 흘러나왔다.

그러자 덩치 큰 미국 기자가 단호하게 소리쳤다.

"이봐, 재수 없는 소리 하지 말라고! 야구 종주국인 우리 미국이 변방인 아시아 팀에게 진다는 게 말이 돼?"

쿠바가 아마 최강이라는 타이틀을 내세운다면 미국은 야구 종주국이라는 타이틀을 자랑스럽게 여기고 있었다. 그런 미국이 일본도 아니고 한국에게 패배한다는 건 있을 수 없다고 생각하는 미국 기자도 적지 않았다.

"그래, 설마 지기야 하겠어."

"아직 경기 초반인데 뭘."

수군거리던 미국 기자들이 언제 그랬냐는 것처럼 말을 바꿨다. 그제야 씩씩거리던 미국 기자도 흥분을 가라앉히고 제자리에 주저앉았다.

하지만 야구공은 둥글고 경기는 야구의 신이 아닌 이상 그 누구도 장담하기 어려운 법이었다.

공수 교대가 되면서 마운드에 미국의 선발 투수 제이콥 필립스가 올라왔다. 그러자 미국 기자들이 언제 그랬냐는 듯 입가에 미소를 그렸다.

"드디어 제이콥이 나오는군."

"하긴, 강동원이 잘 던지면 뭐 어때? 우리에겐 제이콥이 있는데 말이야."

강동원을 한창 추켜세우던 현지 중계진들조차 제이콥 필립스가 등장하자 화제를 바꿔 버렸다.

–1회 초 미국 대표 팀의 공격을 한국의 선발 투수 강동원 선수가 잘 막아냈습니다.

–네, 확실히 좋은 투수네요. 포심 패스트볼로 카운트를

잡은 후 장기인 커브로 미국 타자들의 타이밍을 빼앗은 피칭이 주효했던 것 같습니다.

—사실 한국의 에이스인 강동원 선수가 일본전에 등판할 거라는 예상이 많았는데요.

—전략적인 선택이었다고 생각합니다. 한국 입장에서는 A조 1위인 일본보다 2위인 미국이 더 쉬워 보였겠죠.

—강동원 선수와 니시노 유카 선수의 맞대결을 기대하시는 팬들이 많았는데 아쉬운 결과입니다.

—오늘 경기에서 한국이 미국을 꺾는다면 다시 한번 기회가 생기겠죠.

—아, 말씀드리는 순간 미국의 선발 투수인 제이콥 필립스 선수가 마운드로 올라왔는데요. 이 선수는 어떤 선수죠?

—미국의 에이스 선수입니다. 192㎝의 장신에 빠른 공을 던지는 투수죠. 포심 패스트볼 최고 구속이 158㎞/h까지 나온다고 하니 우리 니시노 유카 선수와 견주어도 손색이 없어 보입니다.

—기록에는 156㎞/h에 달하는 커터도 좋다고 하는데요.

—네, 거기에 체인지업과 슬로 커브도 던질 줄 압니다. 빠른 공을 던지면서도 타자들의 타이밍을 빼앗을 줄 아는 영리한 투수라는 평가가 많습니다.

—확실히 니시노 유카 선수 같은 느낌이 드는데요.

—지난 예선전에서는 서로 엇갈렸지만 미국이 한국을 꺾고 결승에 올라온다면 니시노 유카 선수와 제이콥 필립스 선수의 맞대결이 예상됩니다.

강동원의 피칭에 혀를 내두르던 메이저리그 스카우터들도 제이콥 필립스의 등장에 눈빛이 달라졌다.

"오늘 컨디션 좋은데? 역시 우리 팀 2선발 감이라니까."

"무슨 소리야! 제이콥은 우리 팀으로 올 거야. 내가 먼저 찜했다고."

"무슨 헛소리야? 지금 장난해? 제이콥 에이전트와 이미 이야기 끝났다니까?"

"하하, 순진하긴. 제이콥 에이전트하고 그런 이야기 한번 안 나눠본 구단이 어디 있을 거 같아?"

메이저리그 스카우터들은 제이콥 필립스를 서로 데려가겠다며 아우성이었다. 큰 키에 빠른 공. 무엇보다 미국 태생인 그는 장차 메이저리그를 수놓을 가장 유력한 스타 후보 중 한 명이었다.

그런 기대치를 충족시키듯 제이콥 필립스의 초구가 총알처럼 튕겨져 나갔다.

퍼엉!

눈 깜짝할 사이에 홈 플레이트를 스치고 지난 공이 포수 코디 윌커슨의 미트를 뒤흔들었다.

그리고 잠시 후.

[159㎞/h]

어마어마한 구속이 전광판에 찍혔다.

"우오오오오!"

"역시 제이콥이야!"

여기저기 탄성이 터져 나왔다.

제이콥 필립스의 초구도 강동원과 똑같이 한복판을 파고 들었다. 그러면서도 구속은 강동원보다 1㎞/h가 더 빨랐다.

"이 정도쯤이야."

공을 받은 제이콥 필립스가 길게 입가를 찢었다. 그러고는 당당히 고개를 돌려 강동원을 바라봤다.

"저 자식이!"

강동원이 보란 듯이 눈매를 굳혔다. 하지만 제이콥 필립스의 도발은 여기서 끝난 게 아니었다.

'젠장, 뭐가 이렇게 빨라?'

1번 타자 강덕진은 초구가 지나간 자리를 한참 동안이나 바라봤다. 192㎝의 큰 키에서 내려찍듯 던지는 공은 확실히 느낌 자체가 달랐다.

그런데 그 빠른 공이 좌우 코너를 파고들자 감히 건드릴 엄두조차 나지 않는 마구가 되어버렸다.

펑!

제이콥 필립스가 내던진 2구가 바깥쪽 꽉 찬 코스로 들어왔다.

"스트라이크!"

구심이 기다렸다는 듯이 오른팔을 들어 올렸다.

펑!

강덕진이 바깥쪽을 겨냥하듯 자세를 취하자 제이콥 필립스의 3구 포심 패스트볼이 이번에는 몸 쪽을 파고들었다.

"스트라이크 아웃!"

구심이 또다시 오른팔을 휘둘렀다. 그렇게 청소년 대표 팀 공격의 첨병 노릇을 하던 강덕진은 스윙 한 번 해보지 못하고 3구 삼진으로 물러나고 말았다.

2번 타자 안상헌이라고 해서 다를 건 없었다.

퍼엉!

잔뜩 굳어진 얼굴로 방망이를 들어올리기가 무섭게 제이콥 필립스의 손을 빠져나온 공이 그대로 홈 플레이트를 스쳐 지나가 버렸다.

"스트라이크!"

안상헌은 그저 입을 쩍 하고 벌렸다. 대기 타석에서 봤을 때도 어마어마했는데 직접 타석에서 겪어보니 비명조차 나오지 않았다.

그런 안상헌에 대한 배려도 없이 제이콥 필립스는 곧바로 2구를 내던졌다.

후앗!

바람소리와 함께 날아든 공이 순식간에 몸 쪽을 파고들었다. 안상헌은 막무가내로 방망이를 휘둘렀다.

하지만 결과는 헛스윙이었다. 방망이가 허리를 빠져나오기도 전에 공은 포수의 미트 속에 들어가 버렸다.

"제길!"

안상헌의 입에서 욕지거리가 절로 터져 나왔다. 하지만 고작 그 정도로는 제이콥 필립스의 빠른 공을 잡아낼 수가 없었다.

퍼엉!

3구째 내던진 제이콥 필립스의 포심 패스트볼이 안상헌의 몸 쪽 높은 코스를 파고들었다. 마치 얼굴 쪽으로 날아드는 공에 안상헌은 눈을 질끈 감고 방망이를 내돌렸다. 그리고 헛스윙 삼진으로 물러났다.

–제이콥 필립스, 대단합니다.

–강동원과 똑같이 1번 타자와 2번 타자를 삼진으로 돌려

세우고 있습니다.

–심지어 두 타자 연속 3구 삼진인데요.

현지 중계진이 진심으로 감탄을 금치 못했다. 빠른 공 6개로 두 명의 타자를 삼진으로 돌려세우는 건 아무나 할 수 있는 투구가 아니었다.

심지어 제이콥 필립스의 얼굴에서는 일말의 긴장감도 없어 보였다. 그저 상대를 힘으로 짓누르겠다는 듯 매서운 눈으로 공을 내던졌다.

그 기세 앞에 3번 타자 이진혁도 고전을 면치 못했다.

'칠 수 있어.'

대기 타석에서 이진혁은 제이콥 필립스의 투구 폼에 맞춰 타이밍을 잡으려 했다. 다른 공 하나 없이 포심 패스트볼만 6개를 던졌으니 자신이라고 해서 다르지는 않을 터. 오히려 공략하기 편해졌다고 생각했다.

하지만 막상 타석에 들어서서 보니 공의 체감 속도가 완전히 달랐다.

퍼엉!

초구는 대처할 틈도 주지 않고 사라져 버렸다.

퍼엉!

바깥쪽 높이 파고든 2구에는 자신도 모르게 방망이가 나가 버렸다.

퍼엉!

몸 쪽을 꽉 차게 파고든 3구 앞에서는 감히 방망이를 내돌릴 수조차 없었다.

"젠자아앙!"

결국 3번 타자 이진혁도 3구 삼진으로 물러나면서 청소년 대표 팀의 1회 말 공격도 득점 없이 끝이 났다.

"역시. 별거 없다니까."

제이콥 필립스는 당연한 결과라는 얼굴로 당당히 마운드를 내려갔다. 그의 위력적인 투구 앞에 강동원도 질근 입술을 깨물 수밖에 없었다.

한편 한국 기자들도 예선전보다 훨씬 무시무시해진 제이콥 필립스를 보며 당혹스러움을 감추지 못했다.

"뭐, 뭐야? 뭐가 어떻게 된 거야?"

"본래 저 정도 괴물은 아니었잖아. 안 그래?"

"호주전 때는 구속도 저만큼 나오지 않았다고."

"그런데 왜 저렇게 변한 거야? 저 자식, 혹시 약이라도 먹은 거 아냐?"

강동원의 호투에 고무되어 있던 한국 기자들은 불안한 눈으로 마운드를 바라봤다.

1회 투구만 놓고 봤을 때는 제이콥 필립스의 압승이었다.

강동원은 포심 패스트볼과 커브를 적절히 섞어 세 타자를 아웃시켰다. 투구 수는 10개, 삼진은 2개였다.

반면 제이콥 필립스는 포심 패스트볼 하나로 세 타자 연속 3구 삼진을 잡아냈다.

삼진을 3개나 잡아냈는데도 투구 수는 강동원보다 한 개가 적었다. 똑같은 무실점 호투라고는 하지만 초반 기세는 제이콥 필립스가 가져갔다고 해도 과언이 아니었다.

그라운드에 오른 박상현도 이대로는 오늘 경기를 이기기 어렵다고 판단했다.

"동원아, 우리도 지지 말자."

박상현이 강동원에게 미트를 내밀었다. 늘 해오던 파이팅이었지만 오늘은 그 의미가 남달랐다.

"당연하지!"

강동원도 오른 주먹을 뻗어 미트에 부딪쳤다. 그 역시도 한국 타자들을 농락한 제이콥 필립스에게는 절대 지고 싶지 않았다.

"후우……."

로진백을 한가득 움켜쥔 뒤 강동원이 길게 로진 가루를 불어냈다.

그사이 미국 대표 팀의 4번 타자 제이크 베이가 천천히 타석으로 들어왔다.

제이크 베이의 체격은 3번 타자 세인 시몬 못지않았다. 한 가지 다른 점은 피부색. 새하얀 피부색 너머로 울퉁불퉁 솟아난 근육이 가볍게 건드리기만 해도 톡 하고 터져 버릴 것 같았다.

제이크 베이는 방망이를 길게 잡았다. 새끼손가락을 손잡이 끝에 감싸고 방망이 헤드 부분을 살짝살짝 꿈틀거렸다.

그 모습이 흡사 메이저리그의 강타자였던 제리 셰필드를 연상시켰다.

게다가 제이크 베이도 제이콥 필립스 못지않게 메이저리그 스카우터들의 관심을 끌고 있었다. 장타력이 조금 아쉽긴 하지만 힘과 정교함을 두루 갖춘 4번 타자였다. 게다가 클러치 상황에서의 타율도 상당히 좋았다.

'일단은 1회 때처럼 포심 패스트볼로 카운트를 잡아 나가자.'

'그래, 알았어.'

박상현과 사인을 주고받은 강동원이 길게 숨을 골랐다. 그리고 침착하게 박상현의 미트를 향해 힘껏 공을 내던졌다.

후앗!

초구는 바깥쪽 포심 패스트볼이었다. 그러자 제이크 베이가 망설이지 않고 방망이를 휘돌렸다.

따악!

방망이 끝 부분에 걸린 타구가 1루 파울라인을 벗어났다.
'역시. 포심 패스트볼을 노리고 있었군.'
박상현이 고개를 끄덕거리며 또다시 손가락을 움직였다.
커브.
바깥쪽.
강동원이 고개를 끄덕인 뒤 침착하게 공을 던졌다.
그런데.
따악!
이번에도 제이크 베이가 방망이를 움직였다.
'뭐지? 설마 바깥쪽 코스 전체를 노리고 있는 건가?'
잠시 고심하던 박상현이 3구째 바깥쪽 체인지업을 요구했다. 스트라이크존보다 살짝 낮은 코스였다. 투 스트라이크 노 볼 상황이라면 제이크 베이가 무조건 반응할 것이라고 여겼다.
"후우……."
길게 숨을 고르며 강동원이 빠르게 공을 내던졌다.
그런데.
따악!
이번에도 제이크 베이가 기다렸다는 듯이 공을 걷어내 버렸다.
'뭐야, 저 자식.'

강동원의 얼굴이 살짝 굳어졌다. 제이크 베이는 지금 공을 때리는 게 아니라 맞히고 있었다. 4번 타자로서 선두 타자로 들어왔으면 큰 것 한 방 노려볼 만한데 철저하게 맞히는 것에 집중하고 있었다.

'내 투구 수라도 늘릴 생각인가? 아니면 설마 몸 쪽 공을 노리는 건가?'

생각을 정리하듯 로진백을 주무른 강동원이 가루를 길게 불어냈다. 그러자 제이크 베이가 씨익 하고 웃었다. 마치 이번에 끝내주겠다고 예고라도 하는 것처럼 말이다.

'이 자식, 몸 쪽을 노리고 있군.'

강동원은 어렵지 않게 제이크 베이의 속내를 알아챘다. 그것은 박상현도 마찬가지. 바깥쪽 공을 전부 걷어낸 만큼 노리는 건 몸 쪽일 가능성이 높다고 판단했다.

문제는 그 노림수를 어찌 공략하느냐는 것이다.

또다시 바깥쪽 승부를 가져가는 게 1안.

몸 쪽 깊숙한 코스를 찔러서 제이크 베이의 타이밍을 흩뜨려 놓는 게 2안.

정말로 몸 쪽에 승부구를 던지는 게 3안.

이 세 가지 방법 중 강동원이 선택한 건 역시나 3안이었다.

'그렇다면 패스트볼?'

'아니, 내가 가장 잘 던질 수 있는 공을 던져야지!'

'좋아, 그렇다면 이 공으로 가자.'

'그래, 알았어.'

강동원은 공을 단단히 움켜쥐었다. 상대가 승부를 원하는데 이대로 피하고 싶진 않았다.

그렇다고 해서 상대가 원하는 공을 던져 줄 생각은 없었다.

'어디 칠 수 있으면 쳐 봐!'

이를 빠득 갈며 강동원이 힘껏 공을 내던졌다.

후앗!

포심 패스트볼을 던지듯 내던진 공이 살짝 높게 치솟았다. 순간 제이크 베이의 얼굴에 실망감이 감돌았다.

'나와의 승부를 피할 생각인가? 실망이군.'

하지만 그것은 제이크 베이의 착각이었다.

처음에 얼굴 쪽으로 날아들던 공이 포물선을 그리며 떨어지더니 제이크 베이가 반응하려는 순간 급브레이크가 걸리며 그대로 추락해 버렸다.

"……!"

제이크 베이가 깜짝 놀라 고개를 돌렸을 때 공은 정확하게 박상현의 미트 속으로 빨려들어 간 뒤였다.

"스트라이크 아웃!"

구심이 제이크 베이의 스윙을 지적하며 삼진을 선언했다.

"허……!"

제이크 베이가 그저 헛웃음만 흘렸다.

'확실히 좋은 공을 던지는군. 제레미가 삼진을 당한 것도 무리는 아니야.'

고개를 절레절레 흔들며 제이크 베이가 더그아웃 쪽으로 걸음을 옮겼다. 그러자 대기 타석에 서 있던 5번 타자 존 체인이 제이크 베이를 놀려댔다.

"헤이, 제이크. 마지막 그 스윙은 대체 뭐야? 어떻게 저런 동양인 녀석의 공을 못 치고 삼진당하고 들어오냐. 너 바보냐!"

"시끄러우니까 너나 잘해!"

"하하. 두고 보라고! 내가 네 복수를 해줄 테니까."

"후우……."

"나만 믿으라고. 내가 홈런 치고 들어올 테니까."

떠벌이라는 별명답게 존 체인은 호들갑스럽게 타석에 들어섰다. 가볍게 휘돌린 방망이가 그의 입담처럼 가볍게 붕붕 돌아갔다. 하지만 그 위력은 결코 무시할 수 있는 게 아니었다.

'하나같이 괴물 같은 놈들뿐이네.'

귓불에 닿는 바람에 박상현이 미간을 찌푸렸다. 그러자 존 체인이 더욱 왁자지껄 떠들어 댔다.

"컴 온! 어서 공을 던져! 던져 보라고!"

"체인, 적당히 해."

"왜 그래요? 나 혼자 혼잣말 하는 건데. 이것도 이해 못 해줘요?"

"그래도 적당히 하라고."

"알았어요, 알았다고요."

구심이 경고를 했지만 그때뿐이었다. 박상현이 사인을 결정하지 못하자 존 체인이 또다시 나불거리기 시작했다.

'으으! 짜증 나서 못 들어주겠네.'

참다못한 박상현이 초구에 몸 쪽 포심 패스트볼을 원했다. 이 한 방으로 존 체인의 입을 다물게 만들 생각이었다.

'좋은 생각이야.'

사인을 확인한 강동원이 피식 웃었다. 초구 스트라이크는 아니지만 깊숙이 파고드는 공이라면 존 체인도 움찔 놀랄 수밖에 없을 것 같았다.

박상현이 바짝 붙으며 포수 미트를 들었다. 그와 동시에 강동원이 크게 와인드업을 한 뒤 힘껏 공을 던졌다.

퍼엉!

쏜살같이 튕겨져 나온 공이 순식간에 홈 플레이트를 지나 박상현의 미트에 파묻혔다.

"우왓!"

몸 쪽으로 빠른 패스트볼이 들어오자 존 체인이 화들짝 놀라며 뒤로 빠르게 물러났다.

"나이스 볼!"

박상현이 공을 던지며 말했다. 그 말을 들은 존 체인의 얼굴이 시뻘겋게 달아올랐다.

"왓? 이 공이 나이스 볼이라고? 지금 장난해! 이 새끼들, 제대로 된 공을 던지라고! 이 따위 공 말고 말이야!"

빈볼이 들어왔다고 생각한 존 체인이 거칠게 욕지거리를 쏟아냈다. 표정을 보니 또다시 빈볼을 던졌다간 방망이를 든 채로 마운드로 달려 올라갈 기세였다.

하지만 박상현은 알아듣지도 못할 영어로 떠들어 대는 존 체인이 그저 시끄럽게만 느껴졌다.

"몸 쪽 공을 찔러도 시끄럽네. 빨리 끝내 버리자."

박상현이 곧바로 바깥쪽으로 앉았다. 그리고 모처럼 슬라이더를 요구했다.

강동원도 고개를 끄덕인 뒤 바깥쪽으로 흘러나가는 슬라이드를 던졌다. 그러자 존 체인의 방망이가 꿈틀거렸다. 겁에 질린 강동원-박상현 배터리가 밋밋한 바깥쪽 포심 패스트볼을 던진 거라 생각한 것이다.

하지만.

딱!

방망이 끝 부분에 걸린 공은 2루수 안상현의 앞쪽으로 정직하게 굴러갔다.

"이런 시팔!"

거칠게 욕지거리를 내뱉으며 존 체인이 1루로 뛰어갔다. 하지만 그보다 안상헌의 송구가 훨씬 더 빨리 1루 베이스에 도착했다.

"아웃!"

1루심의 사인을 확인한 존 체인이 뜀박질을 멈췄다. 그러고는 콧바람까지 씩씩거리며 더그아웃으로 몸을 돌렸다.

"두고 봐! 다음에는 꼭 친다!"

존 체인이 1루수 하석진을 향해 소리친 후 더그아웃으로 걸어갔다.

"저 자식 뭐야? 나한테 욕한 거야?"

하석진은 눈을 크게 떴다. 덩치 좋은 존 체인이 공격적인 말투로 영어를 내뱉는 게 꼭 욕설처럼 느껴졌다.

"정신없는 놈일세."

강동원도 질렸다며 고개를 흔들어 댔다. 그러는 동안 타석에 6번 타자 제이크 스핀이 들어섰다.

제이크 스핀은 날렵한 몸매와 서글서글한 눈매를 소유한 사내였다. 하지만 타석에서의 모습은 생김새만큼 얌전하지 않았다.

초구 바깥쪽 하이 패스트볼에 헛스윙한 뒤 2구 몸 쪽으로 파고드는 슬라이더를 그대로 지켜봤다.

구심 판정은 볼.

원 스트라이크 원 볼 상황에서 강동원이 몸 쪽으로 찔러 넣은 포심 패스트볼을 또다시 흘려보냈다.

이번에는 스트라이크.

볼카운트가 불리해졌지만 제이크 스핀은 4구째 바깥쪽으로 빠져나가는 체인지업을 지켜보며 볼을 골랐다.

투 스트라이크 투 볼.

더 이상 시간을 끌고 싶지 않은 강동원이 결정구인 커브를 선택했다.

코스는 바깥쪽. 바깥쪽에 걸치다 살짝 흘러 나가는 공이었다.

'왔다!'

제이크 스핀은 기다렸다는 듯이 방망이를 움직였다. 하지만 타이밍을 제대로 맞추지 못했다. 빠르고 낙폭이 작은 신종 커브를 노렸는데 정작 느리며 낙폭이 큰 정통 커브가 들어온 것이다.

틱!

그 바람이 방망이가 공의 윗부분을 스쳤다.

'파울!'

제이크 스핀이 재빨리 고개를 돌려 공의 위치를 확인했다.

하지만 애석하게도 공은 포수 박상현의 글러브 안에 파묻혀 있었다.

"크윽……."

제이크 스핀의 입에서 절로 탄식이 흘러나왔다. 반대로 강동원은 길게 안도의 한숨을 내쉬었다.

그렇게 까다로운 타자 제이크 스핀을 파울팁 삼진으로 돌려세우며 강동원은 이번 이닝에도 2개의 탈삼진을 엮어냈다.

–강동원, 미국 대표 팀의 중심 타선을 상대로 두 개의 탈삼진을 잡아냈는데요.

–이렇게 되면 탈삼진은 강동원 선수가 하나 더 많아진 건가요?

–1회 때 보니 제이콥 필립스 선수, 투쟁심이 상당하던데요.

–아마 어떻게든 강동원 선수의 삼진 기록을 앞지르려고 할 것 같습니다.

현지 중계석에서는 오늘 대회의 또 다른 볼거리로 양 팀 에이스 투수 간의 삼진 맞대결을 꼽았다. 그 말을 듣기라도 한 듯 2회 말 마운드에 오른 제이콥 필립스가 또다시 강속구를 꺼내 들었다.

제이콥 필립스는 자신의 빠른 패스트볼에 자부심을 가지고 있었다. 메이저리그에서라면 몰라도 아마추어 무대에서는 결코 얻어맞지 않을 거라 여겼다.

그렇다 보니 이번 대회에서 3개의 홈런을 때려낸 청소년 대표 팀의 4번 타자 하석진에게도 거침이 없었다.

퍼엉!

몸 쪽 꽉 찬 포심 패스트볼로 초구 스트라이크를 잡은 뒤.

퍼엉!

바깥쪽에 아슬아슬하게 걸치는 포심 패스트볼로 투 스트라이크를 만들었다.

'젠장, 엄청 빠른데?'

타석에서 한 발 물러나며 하석진이 숨을 골랐다. 다른 타자들이 앓는 소리를 할 때는 그러려니 했는데 막상 타석에서 보니 공의 회전 자체가 다르게 느껴졌다.

하지만 그렇다고 해서 이대로 물러날 생각은 눈곱만큼도 없었다.

'나까지 삼진을 먹으면 4타자 연속 삼진이야. 적어도 그건 막아야지.'

하석진은 3구째 바깥쪽으로 들어오는 포심 패스트볼에 방망이를 힘껏 내돌렸다.

따악!

타이밍은 얼추 맞았지만 포심 패스트볼의 구위에 밀려서 그만 유격수 땅볼이 되고 말았다.

'내 공을 치다니.'

1루에서 아웃되는 하석진을 바라보며 제이콥 필립스가 얼굴을 와락 일그러뜨렸다. 적어도 한 타순이 돌기 전까지 전원 삼진으로 돌려세울 수 있을 거라 여겼는데 이렇게 빨리 연속 삼진 기록이 끊길 줄은 예상하지 못한 것이다.

하석진이 빠른 공을 때려내자 자칭 타칭 라이벌로 불리는 5번 타자 최원진도 가만있지 않았다.

따악!

2구째 몸 쪽을 파고든 포심 패스트볼을 가볍게 잡아당겨 좌익수 쪽으로 뻗어 나가는 타구를 만들어냈다.

"좋았어!"

타구 방향을 확인한 최원진이 악을 내지르며 1루로 내달렸다.

하지만 타구는 중학교 때까지 육상을 병행했다던 좌익수 대런 라피의 빠른 발에 잡히고 말았다.

"내 공을 어떻게 때려내는 거야?"

한 수, 아니, 두 수 아래의 상대라 여겼던 한국 대표 팀 타자들이 공을 맞춰내기 시작하자 제이콥 필립스도 흥분을 감추지 못했다. 그 감정이 투구에 고스란히 반영됐다.

초구는 바깥쪽에 크게 빠지는 볼.

2구는 완전히 낮게 가라앉은 볼.

6번 타자 임성진이 빠른 공에 타이밍을 맞추고 방망이를 내돌리지 않았다면 투 스트라이크가 아니라 투 볼이 됐을 상황이었다.

"너무 성급했어."

뒤늦게 제이콥 필립스가 흔들린다는 걸 알아챈 임성진이 3구를 그냥 거르며 볼을 얻어냈다.

하지만 4구째 바깥쪽 볼이 스트라이크로 선언되면서 삼진 아웃으로 물러나고 말았다.

그렇게 제이콥 필립스에게 유리하게 전개되던 삼진 카운트가 4 대 4로 균형을 맞췄다.

7

3회 초에도 어김없이 강동원이 마운드에 올라왔다.

미국 대표 팀의 선두 타자는 7번 타자 코디 윌커슨. 쿠바 대표 팀 못지않게 강타자가 즐비하다는 미국 타선에서 그나마 해볼 만한 타자 중 한 명이었다.

"가볍게 잡고 가자."

강동원은 박상현의 요구대로 초구 바깥쪽으로 패스트볼을

던졌다. 그러나 살짝 빠졌다고 판단한 것일까. 구심의 손은 움직이지 않았다.

"조금 더 안쪽으로."

강동원은 로케이션에 신경 쓰며 2구째 체인지업을 내던졌다. 그런데 이번에는 공이 조금 안쪽으로 몰려들었다.

코디 월커슨은 그 공을 놓치지 않고 잡아당겼다.

따악!

방망이 중심에 걸린 타구가 깔끔하게 2루수 옆을 꿰뚫었다. 깨끗한 중전 안타. 이로써 양 팀 통틀어 처음으로 안타가 나왔다. 그것도 무사에 말이다.

"좋아, 나이스!"

"코디! 잘했어!"

첫 안타가 나오자 미국 팀 선수들이 박수를 치며 환호를 보냈다. 특히 제이콥 필립스가 보란 듯이 좋아했다. 주먹까지 움켜쥐며 강동원을 자극했다.

"크크크, 코리안! 봤지? 네 녀석들은 우리한테 안 된다고."

제이콥 필립스는 벌써 승자라도 된 것처럼 굴었다. 현지 중계진도 강동원이 대단한 위기라도 맞은 것처럼 호들갑을 떨어댔다.

-거의 한복판으로 몰리는 실투였는데요.

—방심한 것인지는 모르겠지만 좋지 않아요. 선두 타자를 내보냈으니 미국 벤치에서도 작전을 걸어올 겁니다.

—이런 큰 경기에서는 선취점이 무엇보다 중요할 텐데요.

—어쩌면 오늘 경기의 승부처가 될지도 모르겠습니다.

—강동원 선수, 마운드 위에서 긴장한 모습이 역력합니다.

중계진의 말이 끝나기가 무섭게 카메라가 강동원을 비췄다.

하지만 정작 강동원은 특별히 위기라고 생각하지 않았다. 무사이긴 해도 나머지 타자들을 깔끔하게 막으며 된다고 여겼다.

강동원이 로진백을 두드리며 마음을 다잡는 사이 8번 타자 파렐 모린이 타석에 들어왔다.

파렐 모린에 대한 데이터를 떠올린 박상현이 몸 쪽으로 바짝 붙어 앉았다. 그리고 시작부터 손가락 두 개를 펼쳤다.

몸 쪽 공에 약한 타자.

변화구에 약한 타자.

이 두 가지 약점을 동시에 공략할 수 있는 가장 좋은 공을 요구한 것이다.

강동원이 1루에 있는 코디 월커슨을 눈으로 견제한 후 빠르게 공을 던졌다. 오늘 경기 처음으로 세트 포지션에서 던지는 투구였지만 강동원의 손끝을 빠져나간 공은 정확하게 파렐 모린의 몸 쪽으로 날아들었다.

"윽!"

파렐 모린이 커브의 궤적에 움찔 놀라 몸을 비틀었다.

하지만 공은 정확하게 스트라이크존을 걸치고 들어왔다.

퍼엉!

초구 스트라이크를 잡은 강동원은 2구를 몸 쪽 깊숙이 찔러 넣으며 파렐 모린을 압박했다. 앞선 커브 때문인지 파렐 모린은 이번에도 방망이조차 내밀지 못했다.

투 스트라이크 노 볼.

순식간에 궁지에 몰린 파렐 모린이 도망치듯 타석을 벗어났다.

'제기랄, 병살타를 유도하려나 본데. 그렇게는 안 돼.'

파렐 모린이 방망이를 강하게 움켜쥐었다. 이렇게 된 이상 어떻게든 진루타를 때려내 1루 주자를 2루로 보내야 했다.

'이제 바깥쪽 공이 하나 들어올 때가 됐어.'

파렐 모린은 볼 배합상 하나 정도는 바깥쪽 공을 던질 거라 여겼다.

하지만 3구 역시 몸 쪽으로 날아들었다.

'크윽!'

파렐 모린이 어떻게든 병살만은 피하려고 힘껏 잡아당겼

다. 하지만.

따악!

방망이 안쪽에 맞은 공은 곧바로 유격수 임성진의 글러브 속으로 빨려 들어갔다.

"으아아악!"

파렐 모린이 고함을 내지르며 1루로 내달렸지만 소용없었다. 유격수에서 2루수, 다시 1루수 글러브 속으로 빠르게 공이 움직이더니 6-4-3 더블플레이가 완성이 되었다.

"젠장할!"

한참 만에 1루에 도착한 파렐 모린이 자신의 헬멧을 바닥에 던지며 분해했다.

미국 대표 팀 더그아웃에서도 안타까운 탄성이 흘러나왔다. 반면 청소년 대표 팀 선수들은 보란 듯이 박수를 치며 환호했다.

"마지막 하나 남았어."

마운드에 오른 강동원이 선수들에게 수신호를 보냈다. 위기를 잘 넘기긴 했지만 아직 이닝이 끝난 건 아니었다.

파렐 모린의 복수라도 하듯 9번 타자 대런 라피는 적극적으로 방망이를 내돌렸다. 초구에 바깥쪽으로 들어간 슬라이더도 걷어내고 2구째 몸 쪽을 파고든 포심 패스트볼도 건드렸다.

하지만 3구째 한복판으로 날아드는 커브는 맞춰내지 못했다. 생각보다 일찍 떨어지는 공의 궤적에 헛스윙을 하고 만 것이다.

그렇게 강동원은 세 개의 아웃 카운트를 챙긴 뒤 마운드를 내려왔다.

-강동원, 첫 안타를 맞았지만 흔들림이 없습니다.

-더블플레이로 두 개의 아웃 카운트를 잡고 나머지 아웃 카운트를 삼진으로 잡아냈어요.

-탈삼진 숫자에서 제이콥 필립스를 다시 하나 앞서가기 시작했는데요.

-제이콥 필립스, 이대로 보고만 있지는 않겠죠.

3회 말. 제이콥 필립스가 마운드에 올랐다.

제이콥 필립스도 7번부터 시작되는 하위 타선을 상대했다.

하지만 제이콥 필립스의 투구는 3회 초 강동원의 투구와는 전혀 느낌이 달랐다.

퍼엉!

7번 타자 강성원에게 4구째 바깥쪽 하이 패스트볼로 찍어 누르며 삼진 아웃.

퍼엉!

8번 타자 박상현에게 3구째 몸 쪽 꽉 찬 포심 패스트볼을 던져 삼진 아웃.

퍼엉!

9번 타자 황선주에게 4구째 바깥쪽에 걸쳐 들어가는 포심 패스트볼을 던져 삼진 아웃.

3명의 타자를 연속 삼진으로 잡아내는 괴력을 선보인 것이다.

"어디 따라올 수 있으면 따라와 보라고."

마운드를 내려가는 제이콥 필립스의 시선이 강동원에게 향했다.

"젠장, 저 자식이."

도발에 말려들어서는 안 된다고 생각하면서도 강동원은 자신도 모르게 질근 입술을 깨물었다.

–탈삼진 개수가 뒤바뀌었습니다.

–강동원 선수가 5개, 제이콥 필립스 선수가 7개입니다.

–9타자를 상대로 5개의 탈삼진을 잡아내는 것 자체도 쉽지 않은 일인데요. 제이콥 필립스 선수는 무려 7개를 잡아냈습니다.

–그야말로 괴물 같은 투구입니다. 아직까지도 포심 패스트볼 구속이 157㎞/h를 유지하고 있습니다.

현지 중계진은 강동원과 제이콥 필립스의 투구 내용을 삼진을 기준으로 평가했다. 둘 다 빼어난 피칭을 선보였지만 제이콥 필립스가 한 수 위의 기량을 선보였다는 게 공통된 의견이었다.

한국 기자석에서도 제이콥 필립스의 투구에 매료된 목소리들이 흘러나왔다.

"역시 미국은 레벨이 달라."

"야구 종주국답게 스케일이 다르다고 해야지."

"암, 우리 선수들은 정말 보고 배워야 해."

미국 찬양주의자들의 생각 없는 이야기에 다른 기자들이 하나같이 어이없는 표정을 지었다.

"이보세요. 아무래도 자리를 잘못 찾아온 거 같은데요."

"뜬금없이 무슨 소리입니까?"

"미국이 그렇게 좋으면 저쪽으로 가세요. 여기는 한국 기자석입니다."

"아니, 한국 기자라고 무조건 한국만 응원하라는 법 있어요? 좋은 투수를 보면 감탄하는 게 당연한 거지. 뭘 그런 걸 가지고 그래?"

한국 기자석이 잠시 소란스러워진 사이 공수가 교대됐다. 그리고 강동원이 또다시 마운드에 올랐다.

그러자 미국 대표 팀 감독인 데이브 폴이 선수들을 불러

모았다. 3회까지 1안타에 무득점이었다. 분위기상 미국 대표팀이 앞서가고 있다고는 하지만 이대로 강동원에게 묶여 있다간 경기 흐름이 어떻게 뒤바뀔지 알 수 없었다.

"다들 잘 들어. 일단 저 녀석의 커브는 버려. 두 종류의 커브를 구사하는 것 같은데 육안으로 구분하기가 쉽지가 않아. 그러니까 한복판에 들어오는 커브가 아니라면 아예 건드리지 마라. 알겠나? 다른 구종을 노리란 말이다."

"네, 알겠습니다."

데이브 폴 감독의 주문에 미국 대표 팀 선수들이 고개를 주억거렸다.

하지만 제레미 존스는 데이브 폴 감독의 말을 한 귀로 듣고 한 귀로 흘려버렸다.

"무슨 말도 안 되는 소리를 하는 거야. 저 녀석의 주 무기는 커브라고. 저걸 때려내야 해!"

훙! 후웅!

제레미 존스는 타석에 들어서기 전 날카롭게 방망이를 내돌렸다. 그러면서 1회 당했던 삼진의 기억을 깨끗이 털어냈다.

'두고 봐! 이번에야말로 홈런을 날려줄 테니!'

제레미 존스가 이를 악물며 방망이를 들어 올렸다. 그러면서 내심 그 잘난 커브가 들어오기를 기다렸다.

그러나 초구는 바깥쪽에 절묘하게 제구 된 포심 패스트볼이었다.

퍼엉!

잠깐 사이에 타이밍을 놓친 제레미 존스가 얼굴을 일그러뜨렸다.

'젠장할! 커브를 던지라고!'

진짜 할 수만 있다면 크게 소리라도 내지르고 싶었다.

하지만 그랬다가는 강동원이 절대 커브를 던지지 않을 것 같았다.

'기다리자. 녀석은 분명히 커브를 던질 거야.'

제레미 존스는 애써 마음을 다잡으며 방망이를 단단히 움켜쥐었다.

하지만 강동원의 손끝을 빠져나온 2구째 슬라이더도 바깥쪽으로 날아갔다. 3구도 마찬가지. 커브를 노리는 제레미 존스를 놀리듯 체인지업이 바깥쪽 코스로 날아들었다.

"젠장!"

제레미 존스가 짜증을 내며 타석에서 벗어났다.

하지만 볼카운트는 오히려 강동원이 짜증을 내야 할 상황이었다.

원 스트라이크 투 볼.

초구 포심 패스트볼을 제외한 나머지 공은 전부 볼 판정을 받은 것이다.

"이상하네. 갑자기 빡빡해졌어."

강동원이 고개를 갸웃하며 로진백을 손에 묻혔다.

"후우!"

그리고 손에 묻은 로진 가루를 길게 불어내며 사인을 기다렸다.

잠시 고심하던 박상현이 천천히 손가락을 움직였다.

코스는 몸 쪽 구종은 커브.

바깥쪽 스트라이크존이 흔들리니 이번에는 몸 쪽으로 승부를 보자는 이야기였다.

강동원이 고개를 끄덕인 뒤 힘껏 공을 던졌다.

후앗!

강동원의 손끝을 빠져나온 공이 살짝 떠오르더니 이내 포물선을 그리며 날아들었다.

그 순간 제레미 존스가 길게 입가를 찢어 올렸다.

'그래! 바로 이거야!'

제레미 존스는 기다렸다는 듯이 방망이를 휘둘렀다. 그것도 강동원의 변형 커브에 정확하게 타이밍을 맞췄다.

하지만 제아무리 제레미 존스라 해도 처음 보는 커브의 무브먼트까지 단번에 맞춰내기란 쉽지 않았다.

따악!

공을 몸 쪽에 붙이고 힘껏 잡아당겨봤지만 타구는 1루 베이스 옆을 빠져나가 버렸다.

파울.

"쳇!"

제레미 존스가 아쉬움을 토해냈다.

하지만 미국 대표 팀 더그아웃의 반응은 달랐다.

"으이그, 바보 같은 자식!"

"감독님이 커브는 건드리지 말라고 했는데."

"그냥 뒀으면 볼이 됐을 거 아냐!"

"야, 제레미. 커브는 버리라고!"

동료들이 한목소리로 소리쳤다.

하지만 제레미 존스는 귀를 닫고 강동원만 매섭게 노려보았다.

투 스트라이크 투 볼.

타자와 투수, 모두에게 기회가 주어진 볼카운트였다.

'다시 한번 던져 봐. 이번에야말로 기필코 때려내 줄 테니까!'

제레미 존스가 단단히 이를 악물었다.

하지만 박상현은 제레미 존스가 원하는 대로 커브 사인을 내줄 생각이 없었다.

'아무래도 녀석이 커브를 노리는 것 같으니까 역으로 가자.'

박상현이 손가락 하나를 펼쳤다. 그리고 몸을 바깥쪽으로 빠져 안으며 포수 미트를 들었다.

살짝 미간을 찌푸리던 강동원도 이내 고개를 끄덕였다. 조금 전 제레미 존스의 스윙을 보아 연속으로 커브를 던지는 건 위험하다는 생각이 들었다.

'이걸로 끝이다!'

강동원이 포수 미트를 향해 곧장 공을 내던졌다.

후아앗!

바람소리를 내며 날아간 공이 그대로 바깥쪽 스트라이크 존을 날카롭게 파고들었다.

퍼엉!

묵직한 포구음과 함께 박상현의 미트가 꿈틀거렸다.

'잡았다!'

박상현의 입가를 타고 한가득 웃음이 번졌다.

그런데 구심이 이렇다 할 반응이 없었다. 혹시나 싶어 포구 자세로 한참을 기다렸지만 마찬가지였다.

'뭐야?'

박상현이 고개를 돌려 구심을 바라봤다. 그러자 구심이 나직한 목소리로 말했다.

"볼."

"예에?"

"볼!"

'미친 거 아냐? 지금 이게 볼이라고?'

박상현이 자리에서 벌떡 일어나 구심을 보았다.

구심은 무표정한 얼굴로 가만히 서 있었다.

정말 말이 통한다면 뭐라고 한마디 해주고 싶었다. 하지만 이런 상황에서 구심과 실랑이를 해봐야 득이 될 게 하나 없었다.

"후우……."

길게 한숨을 내쉬며 박상현이 강동원에게 공을 돌려주었다.

강동원의 입에서도 무거운 한숨이 흘러나왔다. 오직 제레미 존스만이 안도하듯 가슴을 쓸어내렸다.

예상과는 달리 바깥쪽으로 공이 들어왔을 때 제레미 존스는 삼진을 당할지도 모른다고 생각했다. 전광판에 156㎞/h가 찍힐 만큼 빠른 공이었다. 뒤늦게 방망이를 내돌렸다고 해도 걷어내기 쉽지 않은 코스였다.

그런데 정작 구심은 볼을 선언했다. 덕분에 제레미 존스는 다시 한번 타격할 기회를 얻었다.

물론 마음 한편으로는 배신감도 치밀었다.

'저 자식이 진짜…….'

정정당당하게 승부를 걸어올 거라 여겼는데 바깥쪽 포심

패스트볼이라니. 첫 타석에서 삼진을 잡아놓고 이런 식으로 도망치려는 강동원을 용납할 수가 없었다.

훙! 후웅!

제레미 존스가 분노를 곱씹으며 방망이를 휘둘렀다. 그러면서 표정으로는 커브를 던지라고 외쳤다.

'괜히 코너 승부를 했다간 사사구가 나올 수 있어. 차라리 맞혀 잡는 게 낫겠어.'

고심 끝에 박상현도 커브 사인을 냈다.

'커브로 던져. 그런데 말이야 코스는…….'

박상현이 미트를 아래로 향했다. 그리고 미트를 살짝 틀었다.

강동원은 그 사인을 확인하고 슬쩍 입꼬리를 말아 올렸다.

'역시 리드 하나는 기똥차다니까.'

강동원이 이내 웃음을 삼키며 고개를 끄덕였다. 그리고 투구판을 박차며 힘껏 공을 던졌다.

후앗!

강동원의 손끝을 빠져나간 공이 높은 곳에서 크게 회전을 하며 날아왔다.

그와 동시에 제레미 존스의 눈이 화등잔만 하게 커졌다.

'그래, 당연히 그래야지!'

제레미 존스가 기다렸다는 듯이 방망이를 내돌렸다. 그토록 기다리던 커브였다. 게다가 코스도 한복판이었다.

타격이 이루어지기 전부터 제레미 존스는 강동원의 커브를 담장 밖으로 넘길 생각에 들떴다.

하지만 정작 공은 제레미 존스의 예상보다 한참 먼저 바닥으로 고꾸라져 버렸다.

볼.

투 스트라이크 쓰리 볼 상황에서 원 바운드 되는 유인구를 던진 것이다.

파앗!

바운드된 공을 박상현이 몸을 낮춰 잡아냈다.

하지만 제레미 존스는 미처 1루로 내달리지 못했다.

"잘 가라."

박상현은 재빨리 공이 든 미트를 제레미 존스의 허리에 터치했다.

"……아웃!"

구심이 마지못해 주먹을 들어 올렸다. 그렇게 제레미 존스는 연 타석 삼진으로 체면을 구겨야 했다.

'제기랄, 볼을…… 볼을 던질 줄이야.'

더그아웃으로 돌아가는 제레미 존스의 표정이 잔뜩 일그러졌다. 그 모습을 지켜보는 데이브 폴 감독의 표정도 그다지 좋지 않았다.

제레미 존스가 신경질적으로 방망이를 내던지자 보다 못한 데이브 폴 감독이 한마디 했다.

"제레미! 내 말을 잊어버린 거야? 커브에 반응하지 말라고 말 했을 텐데?"

"죄송합니다. 하지만……."

"하지만?"

"저 녀석의 커브를 치고 싶었습니다."

제레미 존스가 억울함이 가득한 얼굴로 말했다. 그 투지 앞에 데이브 폴 감독도 더는 잔소리를 할 수가 없었다.

재능 있는 선수로서 제레미 존스의 심정은 얼마든지 이해가 갔다. 하지만 팀의 입장에서 봤을 때 선두 타자로 출루해줘야 할 제레미 존스가 두 타석 연속 삼진을 당했다는 건 뼈아픈 일이었다.

까다로운 타자 제레미 존스를 잡아낸 강동원은 마운드 위에서 더욱 힘을 냈다.

2번 타자 제렛 그린은 3구째 바깥쪽 체인지업을 던져 유격수 땅볼로 잡아냈다. 초구와 2구, 연속으로 몸 쪽 포심 패스트볼을 집어 넣은 뒤 바깥쪽으로 내던진 유인구에 제렛 그린은 참지 못하고 방망이를 내돌리고야 말았다.

3번 타자 세인 시몬은 4구 만에 커브로 삼진을 낚아냈다. 초구 낙차 큰 커브로 먼저 스트라이크를 잡고 시작한 뒤 투 스트라이크 원 볼 상황에서 초구와 똑같은 코스에 변형 커브를 집어넣은 게 주효했다.

강동원은 그렇게 세 번째 삼자범퇴를 만들며 4회 초를 마쳤다. 그리고 제이콥 필립스와의 삼진 맞대결도 7 대 7로 균형을 맞추었다.

강동원에 이어 4회 말 제이콥 필립스가 마운드에 올랐다.

"이번에도 확실히 끝내주지."

강동원이 자신의 삼진 개수를 따라잡았지만 제이콥 필립스는 여전히 자신만만한 얼굴로 투구를 시작했다.

청소년 대표 팀의 공격은 한 타순이 돌아 1번 타자 강덕진으로부터 시작되었다.

강덕진은 발이 빠른 타자여서 기습 번트에도 능했다. 게다가 작전 수행 능력도 좋았다. 하지만 김운식 감독은 별다른 사인을 내지 않았다. 무엇을 하던 강덕진에게 맡기겠다는 의미였다.

'이번에는 어떻게든 나가야 해. 1번 타자인데 내가 막혀서는 곤란해.'

강덕진은 자신의 힘으로 팀의 무안타를 끊고 싶었다. 1번 타자로 당당히 출루해 우쭐거리는 제이콥 필립스의 콧대를 꺾어버리고 싶었다.

'간결하게 가자. 맞추는 데 집중하자.'

강덕진은 방망이를 짧게 잡아 빠른 공에 대처하려고 했다. 하지만 제이콥 필립스가 내던진 초구는 몸 쪽을 꽉 차게 파고들었다.

퍼엉!

묵직한 포구 소리와 함께 전광판에 구속이 찍혔다.

[157㎞/h]

4회인데도 제이콥 필립스의 구속은 전혀 줄어들지 않고 있었다.

"후우……."

길게 숨을 고른 뒤 강덕진이 다시 방망이를 들어 올렸다. 그 순간.

후앗!

제이콥 필립스가 또다시 포심 패스트볼을 내던졌다. 그런데 어깨에 다소 힘이 들어간 것인지 공이 바깥쪽으로 빠져나가는 느낌이 들었다.

'참자.'

강덕진은 반사적으로 나가려던 방망이를 붙들었다. 건드려 봐야 좋은 타구가 나올 리 없으니 지켜보며 볼카운트를 유리하게 끌고가는 게 낫다고 판단했다.

그런데…….

"스트라이크!"

구심이 느닷없이 오른팔을 들어 올렸다.

'뭐야? 이게 왜 스트라이크야?'

강덕진이 이해할 수 없다는 눈으로 구심을 바라봤다. 이 공을 잡아줬다면 포수 코디 윌커슨의 프레이밍에 속았다는 말밖에 되지 않았다.

'설마…… 그런 건 아니겠지?'

강덕진은 애써 치미는 불안함을 억누르며 타석에 들어섰다.

현재 주심은 대만인이었다. 세계 청소년 야구 선수권 대회 규칙상 경기를 치르는 나라에서는 심판을 배출할 수가 없었다.

그런데 저번 회부터 구심의 판정이 왠지 모르게 미국을 밀어주는 듯한 느낌이 들었다. 물론 착각일 수는 있지만 이번 공을 봐도 조금 의심이 들었다.

"침착하자, 침착해. 흔들리면 안 돼."

나직이 혼잣말을 중얼거리며 강덕진이 다시 방망이를 들어 올렸다.

그러자 제이콥 필립스가 묘한 미소를 지었다. 그러고는 3구째 강동원의 장기인 슬로우 커브를 내던졌다. 포심 패스트볼에 집중하고 있을 강덕진이라면 결코 이 공을 건드리지 못할 거라 판단한 것이다.

하지만.

타악!

강덕진은 아무렇지도 않게 제이콥 필립스의 커브를 받아쳐 버렸다.

물론 노리는 공이 아니다 보니 정타는 되지 않았다.

하지만.

타앗!

타구는 마운드 근처에서 크게 바운드가 되더니 2루 쪽으로 높이 치솟았다.

"내가 잡을게!"

2루수 제렛 그린이 앞으로 달려들며 타구를 향해 글러브를 뻗었다. 하지만 타구의 체공 시간이 생각보다 길었다. 제렛 그린이 한참 만에 공을 받았을 때는 이미 강덕진이 1루 베이스를 지나쳐 버린 뒤였다.

"던지지 마!"

1루수 제이크 베이가 크게 외쳤다. 그렇게 청소년 대표 팀의 첫 번째 안타가 4회 말에 만들어졌다.

"제이콥, 신경 쓰지 마. 운이 나빴을 뿐이야."

제렛 그린이 인상을 쓰며 제이콥 필립스에게 공을 던져 주었다.

"나도 알고 있어."

제이콥 필립스가 질근 입술을 깨물었다. 포심 패스트볼을 노리는 한국 타자들을 농락하기 위해 던진 공이 하필 안타로 이어질 것이라고는 생각지도 못한 얼굴이었다.

반면 청소년 대표 팀 더그아웃에서는 환호성이 터져 나왔다.

"좋았어!"

"나이스 안타!"

"덕진아아아! 사랑한다!"

청소년 대표 팀 선수들이 강덕진을 응원하는 사이 2번 타자 안상헌이 천천히 타석에 들어섰다.

본래 안상헌은 마상 고등학교 1번 타자 출신이었다. 지금은 대표 팀에서 강덕진에게 밀려 2번을 치고 있지만 센스도 좋고 발도 빨랐다.

게다가 기습 번트의 달인이었다.

"여기서 한 점 뽑아보자고."

김운식 감독은 망설이지 않고 곧바로 번트 사인을 냈다. 안전하게 주자를 2루로 보낸 뒤 중심 타선을 통해 선취점을 얻어내겠다는 계산이었다.

하지만 정작 김성희 타격 코치는 김운식 감독의 사인을 살짝 비틀었다. 마상 고등학교 감독으로서 애제자인 안상헌이 뭔가 한 건 해내주길 기대한 것이다.

'네가 가장 잘하는 거 있지? 기습 번트, 그걸로 해봐라.'

김성희 타격 코치의 사인을 받은 안상헌의 입꼬리가 올라갔다. 그는 가볍게 고개를 끄덕였다.

'걱정 마세요, 감독님. 제가 멋지게 성공시킬 테니까요.'

함께 벤치의 사인을 확인한 강덕진이 슬금슬금 리드를 넓혀 나갔다. 그러자 제이콥 필립스가 보란 듯이 미간을 찌푸렸다.

'저 자식이 감히 내 앞에서 도루를 할 생각인가?'

제이콥 필립스가 투구판에서 발을 풀며 1루로 견제 자세를 취했다. 그러자 강덕진이 냉큼 1루 베이스로 돌아갔다.

하지만 그것도 잠시. 제이콥 필립스가 투구 자세를 취하자 강덕진이 다시 슬금슬금 보폭을 넓혔다. 그런 식으로 자꾸만 제이콥 필립스의 신경을 건드렸다.

'빌어먹을!'

두 차례 견제구도 소용이 없자 제이콥 필립스는 강덕진을 무시하기로 마음먹었다.

하지만 머리로 무시한다고 해서 불쾌한 감정까지 사라지는 건 아니었다.

퍼엉!

지금껏 낮게 제구되던 제이콥 필립스의 초구가 높게 날아들었다. 코디 윌커슨이 어떻게든 끌어내려 보려 했지만 도저히 스트라이크 판정을 받기 어려운 공이었다.

2구도 마찬가지로 바깥쪽으로 크게 빠지는 볼이 들어왔다.

그렇게 볼카운트가 투 볼로 몰리자 포수 코디 윌커슨이 처음으로 자리에서 일어나 소리쳤다.

"제이콥! 진정해! 타자에게만 집중하라고!"

"젠장!"

제이콥 필립스가 인상을 쓰며 안상헌의 몸 쪽을 향해 힘껏 포심 패스트볼을 던졌다. 그때 타격 자세를 취하고 있던 안상헌이 재빨리 기습 번트 자세를 취했다.

딱.

절묘하게 공을 발 앞쪽에 떨어뜨린 안상헌은 재빨리 1루를 향해 달렸다.

숨이 죽은 타구는 투수와 3루 사이로 굴러갔다.

"젠장!"

뒤늦게 3루수 세인 시몬이 달려들어 공을 낚아채 1루로 던졌다. 하지만 1루 베이스를 먼저 밟은 쪽은 안상헌이었다.

"세이프!"

그사이 1루 주자 강덕진은 무사히 2루에 안착을 했다.

기습 번트 성공!

그렇게 1사 2루가 되어야 할 상황이 무사 1, 2루로 바뀌었다.

"제이콥, 진정해."

제이콥 필립스를 달래기 위해 조지 밀러 투수 코치가 마운드를 방문했다.

"후우……."

제이콥 필립스는 좀처럼 호흡을 가다듬지 못했다. 정타도 아니고 번트 작전에 농락당했다는 사실에 단단히 열이 받은 모양이었다.

하지만 아시아 특유의 스몰 볼에 대처하지 못한 건 미국 대표 팀의 잘못이었다.

"이렇게 된 거 신경 쓰지 마. 이제부터 중심 타자이니까 더 이상 번트는 없을 거야. 나머지 타자들을 확실하게 잡아내면 돼!"

조지 밀러 투수 코치가 제이콥 필립스의 어깨를 두드렸다. 제이콥 필립스도 더 이상 번트가 없을 거라는 말에 애써 분을 억눌렀다.

그사이 3번 타자 이진혁이 타석에 들어섰다.

이진혁은 장타력과 정교함을 고루 갖춘 타자였다. 게다가 2학년 때 1번 타순을 쳤을 만큼 타격 센스도 남달랐다.

훙! 후웅!

가볍게 방망이를 휘두른 뒤 이진혁이 타석에 들어섰다.

그때 김운식 감독의 허를 찌르는 작전이 나왔다. 바로 중심 타자인 3번 이진혁에게 번트 사인이 나왔던 것이다.

순간 이진혁이 눈을 깜빡였다. 설마하니 자신에게까지 번트 사인이 나올 줄은 예상하지 못한 것이다.

퍼엉!

이진혁이 미처 마음의 준비를 하지 못한 사이 제이콥 필립스의 초구 포심 패스트볼이 스트라이크존을 통과했다.

퍼엉!

제이콥 필립스는 또다시 쉴 새 없이 몸 쪽 포심 패스트볼을 던져 이진혁을 몰아붙였다. 하지만 이 공은 지나치게 깊었다는 판정을 받았다.

볼카운트 원 스트라이크 원 볼.

눈으로 주자들을 살핀 뒤 제이콥 필립스가 있는 힘껏 3구를 내던졌다.

3구는 오늘 경기에서 단 두 번밖에 던지지 않았던 체인지업.

포심 패스트볼로 타이밍을 빼앗은 뒤 체인지업으로 땅볼을 유도해 더블플레이를 이끌 생각이었다.

그런데 이진혁이 기다렸다는 듯이 번트 자세를 잡았다.

"젠장!"

"또 번트야!"

1루수 제이크 베이와 3루수 세인 시몬이 동시에 앞으로 달려들었다. 그사이 1루 주자 안상헌과 2루 주자 강덕진이 동시에 스타트를 끊었다.

따악!

이진혁은 침착하게 3루 쪽으로 번트를 댔다. 그리고 최선을 다해 1루로 내달렸다.

다소 정직하게 굴러간 타구는 3루수 세인 시몬의 글러브에 금새 빨려들어 갔다. 하지만 포수 코디 윌커슨은 승부를 걸기에는 늦었다고 판단했다.

"1루!"

코디 윌커슨의 신호에 세인 시몬이 어쩔 수 없이 1루로 공을 내던졌다. 그렇게 타자 주자 이진혁이 1루에서 아웃됐다.

하지만 청소년 대표 팀의 천금 같은 득점 기회는 사라지지 않았다.

여전히 1사 주자 2, 3루.

안타 하나면 두 점을 뽑아낼 수 있는 기회가 찾아왔다.

게다가 타석에는 4번 타자 하석진이 들어와 있었다.

"젠장할."

시종일관 여유롭던 제이콥 필립스의 이마에서 땀이 흘러내렸다.

코디 윌커슨도 긴장하기는 마찬가지였다.

'일단 침착하게 승부를 보자.'

코디 윌커슨은 정면 승부를 포기했다. 빗맞은 타구가 나와도 3루 주자가 홈을 밟을 수 있는 만큼 최대한 안전하게 리드하려 했다.

초구에 바깥쪽 포심 패스트볼은 스트라이크존에 걸쳐 들었다.

2구째 바깥쪽 체인지업은 초구보다 빠지며 볼 판정을 받았다.

3구째 몸 쪽에 붙인 커브도 너무 높아 볼이 됐다.

4구째 바깥쪽으로 내던진 포심 패스트볼은 조금 빠졌지만 구심은 스트라이크를 잡아주었다.

투 스트라이크 투 볼 상황에서 코디 윌커슨은 5구째 바깥쪽으로 떨어지는 체인지업을 요구했다. 볼카운트가 더 불리해지기 전에 하석진의 방망이를 이끌어 낼 생각이었다.

후앗!

노리던 바깥쪽 코스에 공이 들어오자 침착하게 지켜보던

하석진이 처음으로 방망이가 꿈틀거렸다.

하지만 이내 방망이를 멈추었다. 제이콥 필립스가 세트 포지션에서 공을 던지다 보니 공의 궤적이 금세 들통나 버린 것이다.

코디 윌커슨이 곧바로 미트로 3루 선심을 가리켰다. 그러나 3루 선심은 양팔을 펼치며 볼을 선언했다.

그렇게 투 스트라이크 쓰리 볼, 풀카운트가 찾아왔다.

"하아, 하아. 젠장."

제이콥 필립스가 가쁜 숨을 몰아쉬었다. 그때 코디 윌커슨이 사인을 냈다.

몸 쪽에 붙는 커터.

자주 던지는 구종은 아니지만 범타를 유도하기에는 제격인 공이었다.

제이콥 필립스는 고개를 끄덕였다. 그리고 2루 주자와 3루 주자를 견제한 뒤 힘껏 공을 던졌다.

그런데 공이 손가락에 제대로 채이지 않았다.

"빌어먹을!"

공을 던진 순간 곧바로 안 제이콥 필립스가 욕을 내뱉었다. 예상대로 공은 밋밋하게 날아갔다. 그것도 몸 쪽 한가운데로 말았다.

자연스럽게 하석진의 눈빛이 반짝였다.

'실투다!'

하석진이 망설이지 않고 방망이를 내돌렸다.

따악!

방망이 중심에 걸린 타구가 곧장 1루수 제이크 베이를 향해 날아갔다.

'잡아!'

제이콥 필립스가 속으로 악을 내질렀다. 하지만 타구는 점프를 한 제이크 베이의 글러브를 지나 우익선상에 떨어졌다. 그사이 3루 주자 강덕진과 2루 주자 안상헌이 여유롭게 홈을 밟았다.

"크아아아!"

1루에 들어간 하석진이 오른손을 하늘 높이 올리며 포효했다.

"우와아아아아!"

"하석진! 하석진!"

"석진아아아아!"

청소년 대표 팀 선수들은 도쿄 돔이 떠나갈 듯 환호성을 지르며 기뻐했다. 반면 미국 대표 팀 더그아웃은 침통함을 감추지 못했다.

제이콥 필립스는 허탈한 눈으로 전광판을 바라보았다.

2 대 0.

팽팽하던, 아니, 다소 유리했던 경기가 한국의 리드로 뒤바뀌어 있었다.

"젠장할!"

제이콥 필립스가 욕지거리를 내뱉었다. 하지만 그래 봐야 달라지는 건 아무것도 없었다.

"더 이상은…… 더 이상은 점수를 내줘서는 안 돼."

제이콥 필립스는 어렵사리 마음을 추슬렀다. 그리고 5번 타자 최원진을 1루 쪽 깊은 땅볼로 유도한 뒤 6번 타자 임성진을 중견수 플라이 아웃으로 잡아내며 힘겹게 이닝을 끝마쳤다.

—제이콥 필립스 선수, 실점을 했지만 이닝을 잘 막아냈습니다.

—저런 게 바로 에이스의 덕목이겠죠. 이렇게 되면 미국 대표 팀에게도 다시 기회가 찾아올 가능성이 높습니다.

—보통 위기 다음에 기회가 찾아온다고 하니까요.

—미국 대표 팀도 타순이 좋죠. 장타력 있는 4번 타자부터 시작이니까요. 강동원 선수도 정신을 바짝 차려야 할 겁니다.

현지 중계진은 아직 경기가 끝난 게 아니라고 경고했다. 이번 이닝에서 미국 대표 팀에 점수를 내주면 결과는 그 누구도 장담할 수 없게 될 거라 전망했다.

하지만 강동원은 타자들이 미국을 상대로, 얄미운 제이콥 필립스를 상대로 2점을 뽑아내자 기분이 좋았다. 그래서 4번 타자 제이크 베이를 상대로 초구부터 실투를 던지고 말았다.

따악!

묵직한 타격 소리가 들리자 강동원은 정신이 번쩍 들었다.

'젠장!'

강동원이 고개를 돌려 타구를 쫓았다. 공은 큰 포물선을 그리며 좌익수 방면으로 날아갔다.

좌익수 황선주가 공을 쫓아 힘차게 내달렸다. 잡기란 애당초 불가능했지만 넘어가지만 않는다면 2루타로 막아낼 생각이었다.

천만다행히도 타구는 펜스 상단을 직격하며 그라운드로 들어왔다. 황선주는 재빨리 공을 잡아 중계 플레이를 했다. 그사이 제이크 베이는 2루에 안착을 했다.

"젠장. 뭐 하는 거야, 강동원."

강동원은 스스로를 강하게 질책했다. 그리고 박상현을 향해 오른손을 들어 올려 보였다.

"미안, 미안! 내 실투다."

제이콥 필립스와의 맞대결을 이겨냈다는 생각에 제이크 베이의 장타력을 간과했던 게 화근이었다.

“후우…….”

다시 본연의 모습을 돌아온 강동원은 5번 타자 존 체인을 빠르게 몰아붙였다.

포심 패스트볼로 원 스트라이크.

슬라이더로 파울을 이끌어 내 투 스트라이크.

유리한 볼카운트를 만든 뒤 바깥쪽에 체인지업을 붙여 넣었다.

따악!

내심 커브를 기다렸던 존 체인이 엉거주춤한 자세로 방망이를 내밀었다. 그리고 방망이 끝에 걸린 타구가 높이 치솟으면서 2루수 안상헌의 글러브 속에 빨려들어 갔다.

뒤이어 타석에 들어선 6번 타자 제이크 스핀은 2루수 땅볼로 물러났다. 그사이 2루 주자 제이크 베이는 3루까지 진루했다.

2사 3루에서 강동원은 7번 타자 코디 윌커슨을 상대했다. 주자가 3루에 위치해 있어 만약 공이 뒤로 빠지기라도 하면 곧바로 한 점을 내줄 수 있었다. 그렇다 보니 공을 던지는 것에 신중을 기해야 했다.

그런데 강동원의 공은 거침이 없었다. 슬라이드와 포심 패스트볼로 투 스트라이크를 잡아낸 뒤 곧바로 커브를 꺼내들었다.

그것도 스트라이크존을 통과하는 커브가 아니라 앞서 제레미 존스를 잡아냈던, 타자 앞에서 원 바운드가 되는 커브였다.

볼카운트가 몰린 코디 윌커슨의 방망이를 이끌어 내 이번 이닝을 끝내자는 계산이었다.

하지만 생각보다 공이 일찍 바닥에 떨어지면서 문제가 생겼다. 코디 윌커슨의 방망이는 헛돌았지만 바운드되는 공을 박상현이 놓치고 만 것이다.

그 순간 강동원과 제이크 베이가 동시에 홈으로 뛰어들었다.

"상현아, 던져!"

먼저 홈에 도착한 강동원이 크게 소리쳤다. 그사이 제이크 베이는 다리를 쭉 내밀며 슬라이딩을 감행했다. 그러나 제이크 베이보다 박상현의 움직임이 더 기민했다.

박상현은 빠진 공을 정확하게 포구한 뒤 강동원이 태그하기 쉬운 위치로 공을 던졌다. 그 공을 받은 강동원은 어렵지 않게 제이크 베이의 발끝에 글러브를 가져다 댔다.

공이 들어 있는 글러브를 들어 올리며 강동원이 심판을 매섭게 노려보았다. 만에 하나 이번에도 엉뚱한 판정을 내린다면 가만있지 않을 생각이었다.

그런 강동원의 속내가 전해진 것일까.

"아웃!"

구심이 요란스럽게 오른팔을 휘둘러 댔다.

"동원아아!"

"잘했어!"

선수들이 저마다 홈 플레이트로 몰려들었다. 아직 이닝은 많이 남아 있었지만 이번 수비를 통해 승기를 잡아냈다고 판단한 것이다.

"큰일 날 뻔했는데 다행입니다."

"동원이가 잘했어. 역시 에이스야."

김운식 감독과 박준태 코치도 안도의 한숨을 내쉬었다. 그렇게 미국 대표 팀의 천금 같은 득점 기회가 무산되고 말았다.

청소년 대표 팀은 4회에 점수를 뽑은 후 6회까지 이렇다 할 공격을 펼치지 못했다. 그동안 강동원은 안타 2개를 더 허용했지만 실점 없이 삼진만 9개를 잡아냈다.

제이콥 필립스도 추가 안타 없이 잘 막아냈다. 삼진도 강동원과 같이 9개를 잡아냈다.

하지만 포심 패스트볼 위주의 투구에 더 이상 점수를 내줘서는 안 된다는 강박감 때문일까. 강동원 보다더 빠르게 지쳐 갔다.

양 팀 선발 투수의 명암이 갈린 건 7회였다.

7회 초에도 강동원이 어김없이 마운드에 올라왔다. 투구수가 90구를 넘어서면서 구속이 150㎞/h 초반대로 떨어지긴 했지만 미국 대표 팀 중심 타선을 안타 없이 잘 막아냈다.

반면 7회 말에 마운드에 오른 제이콥 필립스는 선두 타자로 들어선 4번 타자 하석진을 상대로 또다시 장타를 얻어맞고 말았다. 앞선 타석에서의 복수를 하겠다며 지나치게 공격적으로 덤벼들었는데 그 공이 또다시 한복판으로 몰리고 만 것이다.

"제기랄!"

경기가 뜻대로 풀리지 않자 제이콥 필립스가 고함을 내질렀다. 그러자 데이브 폴 감독이 더는 어려울 것 같다며 불펜에 신호를 냈다.

데이브 폴 감독을 대신해 조지 밀러 투수 코치가 타임을 부르고 마운드에 올라왔다.

"고생했다. 이만큼 했으면 됐어."

조지 밀러 코치가 제이콥 필립스를 다독였다. 그러나 제이콥 필립스는 자신의 손에 쥔 공을 쉽사리 건네주지 못했다. 자신보다 체구도 작은 동양의 투수를 상대로 패배했다는 사실을 도저히 인정하고 싶지 않았다.

하지만 야구의 신은 제이콥 필립스가 더 이상 마운드에 서는 걸 허락하지 않았다.

스윽.

조지 밀러 코치가 제이콥 필립스의 손에서 공을 빼앗아 들었다. 그렇게 미국의 에이스 제이콥 필립스의 투구가 끝이 났다.

13장
슈퍼라운드

1

“고생 많았어, 제이콥.”

“걱정하지 마. 기필코 역전시킬 테니까.”

마운드에 모여든 선수들이 앞다투어 제이콥 필립스를 다독였다. 비록 2실점을 하긴 했지만 오늘 제이콥 필립스는 최고의 피칭을 선보였다. 설사 오늘 경기가 이대로 끝난다 하더라도 그 사실만큼은 부정하기 어려웠다.

“후우…….”

제이콥 필립스는 고개를 푹 숙인 채 마운드를 내려와 더그아웃으로 향했다.

데이브 폴 감독은 구심에게 다가가 교체할 선수를 일러주었다. 그리고 잠시 후 불펜 문이 열리며 금발의 백인 선수가 걸어 나왔다.

브라이언 마치.

미국 대표 팀에서 가장 믿을 만한 불펜 투수였다.

하지만 무사 2루 상황에서 경험이 부족한 어린 선수가 프로 선수들처럼 침착하게 이닝을 막아내길 기대하는 건 무리였다.

따악!

타석에 들어선 5번 타자 최원진은 거의 한복판으로 들어오는 초구 포심 패스트볼에 번트를 대 2루에 있던 하석진을 3루까지 진루시켰다.

뒤이어 6번 타자 임성진이 노 스트라이크 투 볼 상황에서 카운트를 잡기 위해 들어온 3구째 포심 패스트볼을 가볍게 밀어쳐 우익수 앞에 떨어지는 안타를 만들어냈다.

그사이 3루에 있던 하석진이 여유롭게 홈을 밟으며 득점. 점수는 3 대 0으로 벌어졌다.

"더 이상 실점해서는 안 돼!"

보다 못한 데이브 폴 감독이 또다시 투수를 바꿨다.

미국 대표 팀의 실질적인 마무리 투수라 불리는 우완 제이슨 카멜을 올린 것이다.

제이콥 필립스 못지않은 체격과 빠른 공을 가진 제이슨 카멜은 7번 타자 강성원에게 포심 패스트볼만 5개를 던져 중견수 플라이로 돌려세웠다.

그리고 8번 타자 박상현을 2구째 커브로 유인해 3루 땅볼 아웃으로 잡아냈다.

그렇게 7회 말 청소년 대표 팀의 공격이 끝이 났다. 그리고 8회가 시작됐다.

"동원아, 고생 많았다."

제이콥 필립스가 내려가자 김운식 감독도 곧바로 투수를 교체했다. 강동원을 대신해 불펜에서 맹활약 중인 최선영을 올린 것이다.

"긴장하지 말고 맞혀 잡는다고 생각해."

"네, 코치님."

"동원이처럼 정면 승부 하지 말고. 무슨 소리인지 알지?"

"네, 알겠습니다."

김성식 투수 코치의 신신당부에 최선영이 고개를 끄덕였다.

최선영에게 주어진 임무는 8회를 깔끔하게 막는 것이었다. 다행히도 상대 타선이 좋았다. 6번부터 시작되는 하위 타선이었다.

중간중간에 폭투가 두 개 나오긴 했지만 최선영은 세 타자를 깔끔하게 잡아냈다.

6번 타자 제이크 스핀은 중견수 플라이 아웃.

7번 타자 코디 윌커슨은 삼진 아웃.

8번 타자 파렐 모린 역시 삼진 아웃.

현지 중계석에서 강동원이 만들어낸 승리의 분위기를 흔들림 없이 이어받았다는 평을 할 정도였다.

그러나 제이슨 카멜도 만만치가 않았다. 8회 말 9번 타순부터 시작된 청소년 대표 팀의 공격을 삼자범퇴로 돌려세우며 꺼져 가던 미국 대표 팀의 희망의 불씨를 되살려 놓았다.

그리고 대망의 9회 초, 미국 대표 팀의 공격이 시작됐다.

"선영이로 밀고 갈까요?"

"아니, 재윤이를 올려."

"알겠습니다."

김운식 감독은 다시 한번 투수를 교체했다.

3선발 후보였다가 송일섭에게 밀려 탈락한 유재윤이라면 1이닝 정도는 잘 막아줄 것이라 믿었다.

"후우……."

설마하니 9회에 등판하게 될 줄은 예상하지 못한 듯 유재윤의 얼굴에는 긴장감이 가득했다.

9번 타자 대런 라피는 그 틈을 놓치지 않았다. 유재윤의 눈에 보이는 유인구를 전부 걸러낸 뒤 당당하게 사사구를 얻어내어 1루로 나갔다.

"좋아! 좋아!"

"아직 경기 끝난 거 아냐!"

3 대 0으로 뒤진 상황이었지만 미국 대표 팀 타자들은 흥분을 감추지 못했다.

발 빠른 주자가 1루에 나가 있고 타석에는 미국 대표 팀 타자들 중 가장 타격 센스가 좋은 제레미 존스가 들어서 있었다. 이 기회를 잘만 살린다면 3점을 뒤집는 것도 시간문제라 여겼다.

"제레미, 투수가 흔들리고 있으니까 최대한 공을 골라."

데이브 폴 감독은 제레미 존스를 불러 단단히 당부했다. 제레미 존스가 홈런을 때린다 해도 2점이다. 그렇다면 차라리 루상에 주자를 모아놓은 뒤 중심 타선의 한 방을 기대하는 편이 나아 보였다.

하지만 제레미 존스는 데이브 폴 감독의 지시가 마음에 들지 않았다.

"걸러 나가라니. 날 뭐로 보는 거야?"

유재윤이 정면 승부를 피하면서 볼카운트가 노 스트라이크 투 볼이 되자 제레미 존스는 마음이 급해졌다. 그래서 바깥쪽으로 흘러 나가는 체인지업을 무리해서 잡아당겼다.

그런데 그 타구가 하필이면 2루수 안상헌의 호수비에 걸리고 말았다.

"성진아!"

글러브 속에서 공을 확인한 안상헌이 곧바로 유격수 임성진에게 송구했다. 임성진은 포구와 동시에 2루 베이스를 밟은 뒤 미친 듯이 1루로 내달리는 제레미 존스보다 먼저 1루수 하석진의 글러브 속에 공을 집어넣었다.

"아웃!"

1루심의 단호한 판정 속에 4-6-3 더블플레이가 완성됐다.

"젠자아아앙!"

제레미 존스가 제 분에 못 이겨 헬멧을 내던졌다. 하지만 그런 제레미 존스를 위로하는 미국 대표 팀 선수는 아무도 없었다.

-제레미 존스 선수, 아쉬운 타격입니다.

-아무래도 자신의 손으로 결과를 내야 한다는 부담감이 컸던 것 같은데요.

-팀의 1번 타자로서 강동원 선수에게 끌려다녔다는 게 자존심이 상했을지 모릅니다.

-하지만 마지막 타석에서 병살타를 때리며 최악의 성적표를 받게 됐네요.

현지 중계진마저 고개를 절레절레 흔들어 댔다.

그사이 안정을 되찾은 유재윤은 2번 타자 제렛 그린을 유격수 땅볼로 돌려세우고 마지막 아웃 카운트를 잡아냈다.

그렇게 대한민국과 미국의 슈퍼라운드 첫 경기는 3 대 0, 대한민국의 승리로 끝이 났다.

승리 투수 강동원.
세이브 유재윤.

경기 MVP는 강동원의 차지였다.

2

세계 청소년 야구 선수권 대회에서 대한민국이 최강 미국을 꺾자 국내 기자들이 앞다투어 기사를 쏟아냈다.

상대적으로 아마추어 무대인 세계 청소년 야구 선수권 대회는 성인 국가 대표 팀이 출전하는 국가 대항전보다는 관심이 적었다. 하지만 야구 종주국 미국을 격파했다면 이야기가 다를 수밖에 없었다.

한국 청소년 대표 팀 미국 상대 3 대 0 영봉승! 결승 진출 청신호!

한국 청소년 대표 팀 세계 최강 미국 맞아 3 대 0 완승 거둬!

슈퍼라운드 첫 경기, 한국 청소년 대표 팀 미국 잡았다!

청소년 대표 팀의 승리 소식과 함께 선발 투수였던 강동원의 기사들도 심심찮게 모습을 드러냈다.

청소년 대표 팀 에이스 강동원! 팀을 승리로 이끌어

최고 구속 157km/h 강속구! 강동원이 있어 우승 전망 밝아!

리틀 최동원, 강동원의 빼어난 투구에 미국 침몰!

자연스럽게 야구팬들의 반응도 뜨거워졌다.

ㄴ별생각 없이 채널 돌리다 진짜 지릴 뻔했다. 강동원 진짜 물건이야.

ㄴ강동원의 건강 여부를 장담하기 어렵다고 떠들던 자이언츠 스카우터들 눈깔이 삐었냐? 157km/h를 던지는데 건강 타령이냐?

ㄴ내가 지금까지 세계 청소년 야구 선수권 대회 한국 경기는 전부 찾아봤는데 진짜 강동원은 급이 다르더라.

ㄴ강동열도 괜찮은데 강동원은 확실히 대단해. 멘탈도 좋고. 무엇보다 투구 스타일이 시원시원해.

ㄴ우리나라 아마 야구 심각하다고 하도 난리쳐서 별 기대 안 했는데 이러면 결승 가는 거 아니냐?

ㄴ결승은 거의 확정적이지. 남은 경기가 일본하고 호주인데. 호주는 무조건 이기는 거고 일본한테 설사 지더라도 4승 1패니까 미국보다 앞선다고.

ㄴ뭐야? 미국도 1번 졌는데 왜 미국보다 앞서는 건데? 미국이 다 이기면 동률 아냐? 승자승인 거냐?

ㄴ이 멍청아, 슈퍼라운드 규정 모르면 인터넷에 좀 찾아봐라. 오늘 인터넷 개통했냐?

ㄴ그래, 시팔. 오늘 개통했다. 그러니까 좀 알려줘 봐. 뭐가 뭔지 모르겠으니까.

야구팬들의 관심이 세계 청소년 야구 선수권 대회와 강동원에게 집중되자 자이언츠는 당혹감을 감추지 못했다.

"젠장, 왜 자꾸 강동원이 부각되는 거야?"

자이언츠는 강동원의 1차 지명을 포기하면서 건강 상태를 들먹였다. 봉황기 때 어깨 부상으로 준결승전에 결장한 걸 심각한 문제라도 되는 것처럼 크게 부풀렸다.

다행히 봉황기 이후로 강동원이 이렇다 할 성적을 내지 못하면서 자이언츠가 주장하던 강동원 혹사설은 그럴 듯한 명분을 얻었다.

그런데 뜬금없이 국제무대에서, 그것도 쿠바와 미국을 상대로 2경기 연속 호투를 펼치면서 상황이 달라져 버렸다.

"이거 이제라도 1라운드에서 데려와야 하는 거 아닐까요?"

"1라운드라니. 지금 제정신이야? 강동원은 2라운드에서 지명하기로 이야기 끝난 문제잖아!"

"하지만 이대로 가다간 정말 NC한테 빼앗길지 모릅니다."

"그러니까 강동원 부모하고 잘 이야기해야지! 어차피 자식들은 부모 못 이기는 거 몰라?"

"그래도 여론이 좋지 않은데……."

"여론! 여론! 그깟 인터넷 여론이 뭐가 대단하다고 난리야? 강동원 계약금이라도 한 푼 보태주고 떠들라고 그래! 여튼 더 소란스럽지 않게 미리미리 기사 좀 풀라고."

"기사라면……?"

"그걸 꼭 일일이 알려줘야 해? 우리도 강동원의 호투를 반긴다, 이런 뉘앙스로 기사 쓰게 하라고! 그럼 다른 구단들도 강동원 함부로 찔러보지 못할 거 아냐!"

"아, 네. 알겠습니다."

자이언츠 스카우터들은 인맥을 총동원해 강동원과 자이언츠를 엮으려고 노력했다. 그렇게 하면 강동원이 어쩔 수 없이 자이언츠의 품에 안길 것이라고 여기며.

하지만 야구팬들은 강동원이 이러다 미국으로 가버릴지 모른다고 내다봤다.

ㄴ그런데 강동원이 국내 남을까? 쿠바하고 미국을 잡았으니까 미국에서 입질 좀 올 거 같은데?

ㄴ세계 청소년 야구 선수권 대회에서 좀 던지면 해외 진출이 좀 더 쉽긴 하지.

ㄴ자이언츠에서 기사 냈던데? 강동원이 자이언츠 미래의 에이스라고 말야.

ㄴ자이언츠 1차 지명 다른 선수 아니었냐? 그럼 모르는 거잖아.

ㄴ그러게. 오늘 다이노스도 한마디 하더라. 강동원을 예의주시 중이라고. 이런 식으로 침발라 놓으면 영입할 수 있는 거냐?

ㄴ그냥 언플인 거지. 그러다 안 오면 괘씸죄로 갈구는 거고.

ㄴ진짜 괜히 더러운 꼴 안 당하려면 강동원 미국 가야 하는 거 아니냐? 실력도 그만하면 쓸 만한 거 같은데?

ㄴ지금으로서는 결승전 확정이니까, 결승에서 일본까지 꺾고 미국 갔으면 좋겠다.

슈퍼라운드 1라운드 결과 한국과 일본이 나란히 첫 승을 신고하면서 3승을 기록했다.

일본은 만만찮은 쿠바를 7 대 4로 따돌렸다. 한국전에 대비해 에이스인 니시노 유카를 아꼈음에도 쿠바를 힘 대결로 눌러 버렸다.

전문가들은 벌써부터 한국과 일본이 결승전에서 맞붙을 것이라고 예상했다. 일본이 대만에 패배하거나 한국이 호주에 지는 불상사가 일어나지 않는 한두 팀 모두 최소 4승씩을 확보하게 되니 최대 3승에 그치는 미국과 쿠바가 결승전에 올라갈 가능성 자체가 희박한 상황이었다.

그래서인지 청소년 대표 팀의 분위기는 더없이 밝기만 했다.

"와하하하! 기분 최곤데."

"나도 오랜만에 푹 자고 일어난 것 같아."

"이러다 우리 전승으로 결승 진출하는 거 아냐?"

"전승? 까짓것 하면 되지. 그게 뭐 어려운 일이라고."

"그래그래, 우리 한번 해보자."

푸짐하게 차려진 호텔 조식을 먹으면서 청소년 대표 팀 선수들은 즐겁게 이야기를 주고받았다.

몇몇 선수의 목소리가 높긴 했지만 코칭스태프들은 크게 신경 쓰지 않았다. 결승 진출을 사실상 확정지은 만큼 이 정도쯤은 풀어줘도 괜찮다고 여겼다.

어제 경기 승리의 주역 강동원은 룸메이트인 송일섭과 따로 떨어져서 밥을 먹었다. 본래라면 박상현과 강동열까지, 이렇게 넷이서 식사를 즐겼지만 강동열이 오늘 일본전 선발이라 박상현과 따로 자리를 잡았다.

그런 강동원을 힐끔 바라보던 주효승이 텅 빈 접시를 들고 강동원 쪽으로 다가왔다.

"야, 강동원."

"……?"

"너, 신문 봤냐?"

"아니."

"안 봤어? 너 완전 대박 났던데?"

프로야구 선수가 메이저리그에 진출하는 정도는 아니지만 포털 사이트 스포츠란마다 강동원의 기사가 한두 개씩은 걸려 있었다. 그리고 그 기사를 클릭하면 또 다른 강동원의 기사가 수십여 개씩 나타났다.

현 고교 야구 선수들 중에 이 정도로 언론의 관심을 받은 건 강동원이 유일했다. 두어 달 전 프로야구 구단에서 1차 지명을 했다는 소식이 전해졌을 때도 이 정도로 호들갑스럽진 않았다.

"여기저기 댓글이며, 모든 스포츠 신문까지 다 니 얘기뿐이더라. 좋겠다. 혼자 주목받고.”

주효승은 혼자 언론을 독식하고 있는 듯한 강동원이 부러우면서도 얄미웠다.

하지만 강동원은 벌써부터 들뜨고 싶은 생각이 눈곱만큼도 없었다.

“그래서?”

강동원이 무표정한 얼굴로 물었다. 그러자 잔뜩 들떠 있던 주효승의 얼굴이 황당함으로 벌겋게 변했다.

“그, 그래서라니……. 넌 안 좋냐? 흥분되지 않냐고.”

“신문 안 봤다니까.”

“칫, 재수 없는 자식. 그래, 너 잘났다.”

주효승이 미간을 찌푸리며 몸을 돌려갔다. 그리고 얼마 지나지 않아 옆 쪽 테이블에서 또 다른 수군거림이 들려왔다.

“그런데 저 자식, 결승전 선발이라며?”

“뭐? 아직 결승전에는 올라가지도 않았잖아.”

“야, 솔직히 말해서 우리가 호주에 지지 않는 한 결승 진출은 따 놓은 당상이지. 게다가 동원이 저 녀석 미국 팀을 상대로 호투했잖아. 감독님과 코치님도 결승전은 동원이에게 맡기려고 할걸?”

“그래? 칫, 부러운 녀석.”

“부러우면 너도 잘 던지면 되잖아.”

"젠장, 누군 못 던지고 싶어서 이러냐? 기회를 줘야 할 거 아냐!"

"야, 야. 찌질하게 뭐 하는 거야. 됐어. 어서 밥이나 먹자."

강동원이 결승전 선발로 나갈지도 모른다는 소문이 나돌자 선수단의 표정이 살짝 달라졌다. 대표 팀이 승승장구하고 있는 것은 분명 기분 좋은 일이지만 그 스포트라이트가 강동원 한 사람에게 집중된다는 게 달가울 리 없었다.

그런 분위기를 쏙 훑던 송일섭이 강동원을 바라보며 한마디 했다.

"야, 애들하고 좀 친하게 좀 지내라."

"내가 뭘?"

"뭐긴 뭐야. 아까 효승이한테도 그래. 좀 성의 있게 대답을 해주지."

"딱 봐도 시비 걸러 온 건데 성의 있게 대답해 주라고?"

"크흠, 그야……."

"아직 게임 많이 남았어. 너까지 벌써부터 샴페인 터뜨리지 마."

"누가 샴페인 터뜨리자고 했어? 그래도 분위기 좋은데 너무 그렇게 똥폼 잡지는 말라는 거지. 너 그러다 친구 없어진다."

송일섭의 잔소리에 강동원이 수저를 내려놓았다.

"그런데 넌 시합 준비 다 했어? 너 이렇게 한가할 때 아냐.

내일이라고, 네 선발."

"젠장, 일부러 생각 안 하고 있었는데 나쁜 놈아."

송일섭이 이내 입술을 삐죽거렸다. 그렇지 않아도 치미는 부담감 때문에 일부러 강동원을 괴롭혔는데 이렇게 역공이 들어올 줄은 예상하지 못한 모양이었다.

"내 걱정 말고 동열이나 좀 챙겨라. 사촌 형인데 넌 어째 동열이한테도 한마디도 안 해주냐?"

송일섭이 괜히 강동열을 끌어들였다. 그러자 강동원의 시선도 강동열에게 향했다.

이번 대회 주최국. 미국과 함께 가장 강력한 우승 후보.

이런 타이틀을 떠나 일본과는 어떤 경기를 해도 무조건 이겨야 하는 강박관념이 있었다.

축구를 비롯해 모든 스포츠에서 일본과의 대전은 그야말로 목숨을 걸어놓고 치열하게 임했다. 만약 일본에 지기라고 한다면 모든 국민으로부터 질타를 받을 각오를 해야만 했다.

그만큼 부담스러운 경기에 대표 팀에서 가장 어린 강동열이 선발 등판으로 예정되어 있었다.

"부담 갖지 말고 잘해라. 잘하겠지만."

강동열의 옆을 지나며 강동원이 나직이 한마디 했다. 솔직히 해주고 싶은 말은 많았지만 더 이상은 잔소리가 될 것 같았다.

다시 멀어지는 강동원의 뒷모습을 보며 강동열이 묘한 표정을 지었다. 그러더니 이내 피식 웃음을 흘렸다.

"짜식, 내가 말할 땐 귓등으로도 안 듣더니 그래도 사촌형이다 이거냐?"

박상현이 웃으며 타박했다. 그러자 강동열이 언제 그랬냐는 듯 다시 젓가락질을 시작했다.

아침 식사 후 협회에서 한 통의 전화가 걸려왔다.

-강동열은 2학년 선수 아닙니까? 김 감독, 내가 선수 구성에는 참견하지 않았으니까 이거 하나만 협조합시다. 한일전이에요. 혹시 모르니까 3학년 선수를 선발로 쓰자고요. 강동열이를 내세웠다가 지면 여러모로 골치 아파질 수 있어요.

언론을 통해 강동열의 선발 등판 소식을 전해 들은 협회 측에서 불만을 토로했다. 다른 경기도 아니고 국민들의 관심이 집중될 수 있는 한일전에 2학년 강동열을 선발로 내세운다는 건 여러모로 위험 요소가 크다는 것이었다.

덕분에 기분 좋게 아침 식사를 끝낸 김운식 감독과 코치들의 표정은 심각하게 변해 있었다.

투수 운용은 감독의 전권이고 3학년을 내세우라는 건 협회의 월권이었다.

하지만 그렇다고 해서 무조건 협회의 요구를 무시할 수도 없는 노릇이었다.

"감독님, 제가 생각하기에는 예정했던 대로 강동열로 가는 게 좋을 것 같습니다."

박준태 수석 코치가 먼저 운을 뗐다. 이미 강동열을 선발로 내정하고 투수 운용을 짰는데 이제 와서 다른 선수를 내보내는 건 말도 안 되는 일이었다.

그러자 김성희 타격 코치가 냉큼 입을 열었다.

"예정대로라면 강동열로 가는 게 맞지만 협회 사정도 고려를 해야 합니다. 게다가 지금 일본은 너무 강합니다. 쿠바를 타격전으로 잡을 정도라면 동열이에게 큰 부담이 될지도 모릅니다."

"그게 무슨 소리야? 동열이 대만전에서 던지는 거 못 봤어?"

"나도 알지. 일본전에 대비해서 동열이를 대만전에 내세운 것도 알고. 하지만 미국과 쿠바가 다르듯 일본과 대만은 달라. 여기까지 무패로 달려 왔는데 일본전까지 잡고 가면 더 좋은 거잖아."

"내 생각도 김 코치하고 비슷해. 일단 일섭이를 하루 당겨서 쓰는 편이 나을 것 같아."

"무슨 소리야! 송일섭은 호주전 선발이잖아!"

"그러니까, 아예 두 경기 선발을 맞바꾸는 것이 어떻겠느냐 이 말이지."

"하아, 지금 그게 말이 된다고 생각해?"

박준태 코치는 일관되게 강동열을 올려야 한다고 주장했다.

하지만 김성희 코치와 김성식 코치는 송일섭, 혹은 유재윤 쪽에 무게를 두었다.

일본과 호주, 두 나라 중 한 나라만 잡으면 결승 진출이 확정되는 상황에서 굳이 강동열을 불확실한 일본전에 등판시킬 이유가 없다는 이야기였다.

"감독님! 결정을 내려주시죠. 시간이 없습니다.

결국 박준태 코치가 김운식 감독을 바라봤다. 그러자 김성식 코치와 김성희 코치도 김운식 감독에게 고개를 돌렸다.

"협회 입장을 모르는 건 아니지만…… 선발은 동열이로 가자고."

한참을 고심하던 김운식 감독이 어렵사리 입을 열었다. 그러고는 만에 하나 문제가 생길 경우 자신이 전부 책임지겠다는 뜻을 전했다.

"감독님께서 그렇게 말씀하신다면…… 알겠습니다."

김성희 타격 코치는 마지못해 김운식 감독의 결정을 받아들였다.

하지만 김성식 투수 코치는 불만이 가득한 얼굴이었다. 설마하니 김운식 감독이 협회의 강압적인 권유까지 무시할 줄은 예상하지 못한 것이다.

'젠장, 이렇게 되면 일이 꼬이는데…….'

김성식 코치가 슬그머니 자리에서 일어났다. 그리고 자신의 방으로 들어가 문을 잠근 뒤 서울로 전화를 넣었다.

몇 차례 통화음이 울린 뒤 수화기 너머로 묵직한 목소리가 울렸다.

—김 감독, 이야기는 잘됐소?

"그게 아무래도 어려울 것 같습니다."

—어렵다니? 설마 그 2학년 투수로 그냥 가겠다는 거요?

"김 감독님이 모든 걸 책임지겠다고 하셔서요."

—하아, 미치겠군. 이러면 내가 최 이사 얼굴을 어떻게 봅니까?

"죄송합니다, 부회장님."

—죄송이고 뭐고 일본전에서 지면 알아서 하시오!

짜증스런 목소리와 함께 전화가 끊겼다.

"부, 부회장님!"

김성식 코치가 다급히 울부짖어봤지만 통화 종료음만이 매정하게 울릴 뿐이었다.

"하아, 젠장할."

김성식 코치가 무겁게 한숨을 내쉬었다. 이럴 줄 알았으면 청탁을 받는 게 아닌데. 괜히 부회장 쪽에 연을 대려 했다가 입장만 곤란해지고 말았다.

그렇다고 대한민국 청소년 대표 팀 코치로서 일본전에서 패배하길 바랄 수도 없는 노릇이었다.

"정 어렵다면 재윤이를 승리 투수로라도 만들어야 해. 그럼 어느 정도 면피는 될 거야."

김성식 코치가 한참 만에 자리에서 일어났다. 본래 유재윤은 마무리 투수였지만 부회장과 협회 관계자를 만족시키려면 그렇게라도 해야 할 것 같았다.

4

갑작스런 선발 변경 소식은 코칭스태프에게만 전달된 게 아니었다. 어디서부터 시작됐는지 모를 소문이 선수들의 귀에까지 들어갔다.

"뭐야? 선발 바뀐다며?"

"그러게. 나도 그 이야기 들었어. 일섭이하고 동열이하고 맞바꾼다던데?"

"일섭이? 내가 듣기론 재윤이던데?"

"야, 재윤이는 어제도 한 이닝 던졌잖아. 어떻게 선발로 뛰냐?"

"꼴랑 1이닝 가지고 뭐가 문제야? 예선전 끝나고 푹 쉬었는데."

"하긴, 우리가 프로도 아니고 던지라면 던져야지. 별수 있어?"

"근데 왜 동열이에서 바뀌는 거야?"

"그야…… 한일전이니까?"

"2학년인 이유도 있겠지. 최선을 다해도 모자랄 판에 2학년 내보냈다가 지기라도 하면 난리날 거 아냐?"

"그런데 솔직히 실력으로는 강동열이 강동원 다음 아냐?"

누군가의 한마디에 선수들이 일시에 입을 다물어버렸다. 인정하고 싶지 않지만 강동열의 공은 강동원에 버금갈 정도로 좋았다.

"야, 너 재윤이하고 충언이 앞에서 그런 소리 마라."

"내가 바보냐? 나도 그 정도 눈치는 있거든?"

"하지만 틀린 말은 아니지 않냐? 미국전은 꼭 잡아야 했으니까 강동원이고 일본전은 그럼 강동열 아냐?"

"아, 씨발. 그걸 내가 어떻게 알아?"

그때였다.

"야, 그만들 싸워. 선발 정해졌으니까."

김운식 감독에게 불려갔던 박상현이 선수들에게 다가왔다.

"그래?"

"누구야? 누군데?"

"일섭이냐? 아니면 재윤이?"

"역시 재윤이지? 그렇지?"

선수들이 너 나 할 것 없이 박상현에게 몰려들었다. 그러자 박상현이 단호한 목소리로 말했다.

"강동열."

"뭐? 정말?"

"그래, 내가 감독님께 직접 이야기 듣고 온 거야."

"하아……. 좋다 말았네."

"그러게."

극적 반전을 기대했던 선수들의 입에서 아쉬움이 터져 나왔다. 강동열의 실력을 믿지 못하는 건 아니지만 강동원이 미국전에서 스포트라이트를 받은 만큼 적어도 일본전은 다른 선수들에게 기회가 가길 바랐던 모양이었다.

그런 선수들을 달래듯 박상현이 한마디 했다.

"자, 자. 이제 다른 생각 말고 이길 생각만 하자. 일본만

잡으면 전승 우승이야.”

박상현의 독려에 선수들이 저마다 아쉬움을 털어냈다. 그렇게 잠시 어수선했던 분위기가 빠르게 정리가 되었다.

5

호텔 로비는 많은 사람으로 붐볐다. 하지만 한국을 뜨겁게 달궈놓은 강동원을 알아보는 이는 많지 않았다.

“이거 어떻게 하더라?”

강동원은 곧장 비어 있는 공중전화 박스로 향했다. 그리고 빈 곳을 찾아가 카드를 넣고 국제전화를 걸었다.

잠시 후 수화기 너머로 중년의 여자 목소리가 들려왔다.

–여보세요?

“엄마, 나예요”

–동원이니?

“네, 별일 없으시죠?”

–엄마야 늘 별일 없지. 그것보다 아들! 오늘 스포츠 신문 봤어. 우리 아들 대단하더라. 우리 아들 이름이 큼지막하게 나왔어!

“헤헤, 뭘 그런 걸 가지고 그래요. 내가 말했자나요. 엄마 아들 야구 좀 한다고.”

–하긴 우리 아들이 야구 좀 잘하지. 어제 저녁에도 후원회 회장님부터 시작해서 가게 와서 다 네 칭찬하고 가셨어.

"하하. 그래요?"

–그런데 이거 국제전화 아니니?

"네, 맞아요."

–그럼 얼른 끊어. 요금 많이 나오겠다.

그때 수화기 너머로 풍경 소리가 들렸다. 주방에 있으면 손님이 오가는 걸 확인하기 어렵기 때문에 얼마 전에 한문혁이 달아 준 풍경이었다.

–동원아, 손님 왔다. 밥 잘 먹고, 건강하고. 알았지?

"알겠어요, 엄마. 무리하지 마시고요."

–네~ 잠시만요! 동원아, 진짜 끊어야겠다.

"네, 엄마. 또 걸게요."

–그래.

뚝. 뚜뚜두.

전화기 너머로 통화 종료음이 울렸다.

"후우……."

강동원은 아쉬운 마음에 한참 동안 그 소리를 듣고 있다가 수화기를 내려놓았다.

그때 바로 옆에서 낯익은 얼굴이 쓰윽 하고 나타났다.

"깜짝이야. 뭐야?"

"뭐긴 뭐야."

"인기척이라도 좀 해라."

"소리 냈거든?"

"근데 여긴 왜? 동열이 너도 전화하게?"

"응."

"그래, 알았다."

강동원은 냉큼 자리를 비켜주었다. 칸막이가 있다곤 하지만 강동열의 통화를 엿듣고 싶지 않았다.

그러자 강동열이 강동원을 붙들 듯 입을 열었다.

"형, 나 일본전 선발 확정됐어."

"그래? 원래 선발이었던 거잖아."

"그래도. 잠깐 선발 바뀐다는 소문 돌았는데 감독님이 나 믿고 기회 주신대."

"잘됐네. 잘해라."

강동원은 그 한마디를 툭 던지고는 다시 엘리베이터를 향해 걸어갔다. 그 모습을 잠시 지켜보던 강동열의 눈빛이 반짝였다.

"잘할 거야. 나 진짜로 잘 던질 거야. 두고 봐, 형."

스스로에게 다짐을 하듯 혼잣말을 중얼거린 뒤 강동원이 어딘가로 전화를 걸었다. 잠시 후 수화기 너머 걸걸한 사내 목소리가 들려왔다.

—네, 강동열이네 집입니다.

“아버지 저예요.”

—동열이냐? 어이구 이 녀석. 몸은 건강하고? 밥은 잘 챙겨 먹고 다니는 거지?

“네, 밥 잘 먹고 있어요.

—오냐, 그럼 다행이다. 그보다 너 어제 동원이가 던지는 거 봤지?

“……네.”

—언론에서는 아무것도 모르고 동원이, 동원이 한다만 난 우리 아들 믿는다. 잘해라. 절대 동원에게 지지 말고.

“네, 최선을 다할게요.”

—최선만 다하지 말고. 이겨라. 알았지?

“……네.”

—참, 선발로 나가는 건 변함없는 거지? 갑자기 이상한 소문이 돌아서 말이다.

“그렇지 않아도 감독님이랑 코치님들이랑 회의하셨어요.”

—그, 그래서? 설마 이제 와서 선발을 바꾼다고 하더냐?

“아뇨, 바뀌는 일 없다고 하시던데요.”

—호오, 진짜? 정말이냐?

“네!”

—그래그래, 그래야지. 그게 맞지. 우리 동열이가 청소년

대표 팀 에이스인데 어리다고 선발에서 빼고 그러면 안 되는 거지, 암. 아무튼 잘 던져라. 한일 감정도 있으니까 일본은 꼭 이겨야 한다. 알았지?

"알겠어요, 아버지."

–그래, 그럼 이만 끊거라.

"……네?"

–조금 있으면 경기해야 하는데 컨디션 조절해야지.

"아……. 그럼 어머니 좀……."

–니 엄마는 잘 있다. 지금은 경기에 집중해. 어서 끊어라.

"그래도 어머니 목소리도 듣고 싶은데요."

–동열아, 지금이 그럴 때냐? 네 엄마야, 경기 끝나고 마음껏 통화하면 되잖아.

"……네."

–지금은 일본전에 집중해야 할 때다. 자, 어서 전화 끊어라. 아니다. 내가 끊으마.

뚜뚜뚜.

수화기 너머로 통화 종료음이 매정하게 울렸다.

"후우……."

덕분에 강동열도 강동원처럼 수화기를 들고 한참을 서 있어야 했다.

"그래도 어머니의 응원은 듣고 싶었는데……."

강동열은 아쉬움을 감추지 못했다. 솔직히 지금 이 순간 듣고 싶었던 건 야구밖에 모르는 아버지의 목소리가 아니라 어머니의 목소리였다. 강동원이 어머니와 통화하는 걸 보니 더욱 어머니가 그리워졌다.

그때였다.

"야, 강동열! 빨리 가자! 집합이야."

박상현이 저만치서 강동열을 향해 소리쳤다.

"아, 선배. 잠깐만요."

"네 짐은 동원이가 챙겼으니까 빨리 와!"

"동원이 형이요?"

"그래, 그러니까 서둘러! 또 지난번처럼 한 소리 듣지 말고."

박상현에게 잡아끌려 강동열은 그렇게 도쿄 돔으로 향하는 버스에 올라탔다. 그리고 삼십여 분 뒤. 청소년 대표 팀을 태운 버스가 도쿄 돔에 도착했다.

일본 대표 팀과의 맞대결이라서일까.

도쿄 돔은 그야말로 만원이었다.

–장관입니다. 야구를 사랑하시는 팬들이 경기장에 잔뜩 와 주셨네요.

–이게 일본 야구의 저력이겠죠. 프로야구만 흥행하는 다른 나라들과는 질적으로 다르니까요.

일본 현지 중계진의 목소리도 잔뜩 들떠 있었다. 똑같이 3승을 거둔 한국과 일본의 맞대결이었다.(예선 누적 2승+슈퍼라운드 1승) 미리 보는 결승전이라 불리는 오늘 경기에서 이기는 쪽이 한발 먼저 결승전에 올라가서 상대를 기다릴 수 있었다.

–오늘 일본 대표 팀의 선발 투수는 니시노 유카 선수인데요.

–네, 장래가 촉망되는 좌완 투수입니다.

–벌써부터 국내외 수많은 구단이 니시노 유카 선수에게 러브콜을 보내고 있는데요.

–선수 본인은 메이저리그보다는 국내 무대를 먼저 경험해 보고 싶다는 뜻을 밝혔습니다.

–반면 한국의 선발 투수는 2학년 선수입니다. 이름이 강동열인데요.

–어제 미국전에서 호투를 했던 강동원 선수와 사촌지간이라고 합니다. 그래서 이름도 비슷한 것 같습니다.

—지난 대만전에서 좋은 피칭을 보여주긴 했습니다만 글쎄요. 냉정하게 말해서 강동열 선수로는 역부족인 게 아닌가 하는 생각이 드는데요.

—한국 대표 팀 입장에서는 어쩔 수 없었을 겁니다. 일본은 예선 누적 성적 2승이고 미국은 1승 1패였죠. 한국 대표 팀이 결승에 가려면 미국에게는 절대 패배해서는 안 됩니다. 똑같이 성적이 맞물려 버리니까요. 반면 일본에게는 패배해도 상관없습니다.

—그래서 에이스인 강동원을 일본전이 아닌 미국전에 등판시켰다는 말이로군요.

—네, 저 역시도 어제 미국을 상대로 호투한 강동원 선수라면 니시노 유카 선수의 좋은 상대가 됐을 거라 생각하지만 그렇다고 어제 등판한 선수를 오늘 또다시 올릴 수는 없으니까요.

—그래도 아직 기회는 남아 있죠?

—네, 오늘 경기 여부와 상관없이 한국과 일본의 결승전이 사실상 확정이니까요. 그렇게 되면 강동원 선수와 니시노 유카 선수의 맞대결을 볼 수 있을 겁니다.

—정말 기대되는 매치업인데요. 말씀드리는 순간, 경기가 시작됐습니다.

일본에서 열리는 대회였지만 한일전은 일본 대표 팀의 선공으로 시작됐다.

먼저 마운드에 오른 강동열은 특유의 빠른 템포로 일본 타자들을 공략했다.

최고 구속 155km/h에 달하는 포심 패스트볼을 낮고 예리하게 찔러 넣은 뒤 147km/h까지 나오는, 외신에서는 커터라 불리는 슬라이더를 전가의 보도처럼 휘둘러 댔다.

그렇게 강동열은 1회부터 3회까지 아홉 명의 타자를 깔끔하게 잡아냈다.

피안타 0개. 사사구 0개.

이닝당 하나씩 탈삼진까지 뽑아내며 일본 관중들의 머릿속에 강동열이라는 이름 석 자를 확실히 심어주었다.

하지만 강동열의 호투 속에서도 경기는 팽팽하게 진행됐다. 일본 선발 니시노 유카도 강동열 못지않은 깔끔한 피칭으로 한국 청소년 대표 팀 타자들을 꽁꽁 틀어막아 버렸기 때문이다.

3이닝 동안 피안티, 사사구 없이 삼진 4개.

실로 팽팽한 투수전이 마치 강동원과 제이콥 필립스의 맞대결을 다시 보는 듯한 느낌을 주고 있었다.

하지만 그 아슬아슬한 분위기는 4회에 끊어져 버렸다.

4회 초.

일본의 선두 타자 1번 아카호시 도모히로가 왼쪽 타석에 들어섰다. 첫 타석에서 강동열의 슬라이더에 당해서일까. 아카호시 도모히로는 평소보다 방망이를 짧게 움켜쥐었다.

'설마 이 타이밍에 작전이 걸리진 않았겠지?'

아카호시 도모히로를 힐끔 바라본 박상현이 초구 포심 패스트볼을 요구했다.

오늘따라 강동열의 포심 패스트볼은 지면에 붙어서 날아들었다. 그리고 그 공을 구심이 스트라이크로 잡아주고 있었다.

사인을 확인한 강동열도 가볍게 고개를 끄덕였다. 포심 패스트볼로 볼카운트를 잡은 뒤 슬라이더로 범타나 헛스윙을 유도하는 게 박상현과 약속한 볼 배합이었다.

그렇게 강동열은 바깥쪽을 향해 힘껏 포심 패스트볼을 내던졌다.

그런데……!

탓!

아카호시 도모히로가 갑자기 자세를 낮추더니 방망이를 쭉 내밀어 기습 번트를 시도했다.

따악!

방망이에 정확하게 걸린 공이 강동열과 3루수 사이로 굴러갔다.

"제가 잡을게요!"

강동열은 무너지는 몸을 재빨리 수습한 뒤 타구를 쫓아 움직였다. 그리고 맨손으로 공을 잡고 송구를 시도했다.

하지만 그때는 이미 아카호시 도모히로가 1루 베이스에 거의 도착한 상태였다.

"됐어, 동열아. 던지지 마!"

박상현이 다급히 강동열을 막아세웠다. 타이밍상 세이프가 확실한데 괜히 송구를 했다가 빠지기라도 하면 큰일이었다.

"젠장할."

강동열이 질근 입술을 깨물었다.

"미안하다, 동열아. 설마했는데 정말 기습 번트를 댈 줄은 몰랐어."

박상현이 자책하듯 말했다. 미리 기습 번트에 대처했다면 이렇게 허무하게 1루를 내주는 일은 없었을 터였다.

"괜찮아요. 땅볼 유도하면 되죠, 뭐."

강동열은 대수롭지 않게 넘겼다. 어제 경기에서 강동원도 두 차례 실점 위기에 몰렸다. 하지만 그때마다 대담한 투구로 위기를 벗어났다.

"그래, 동열아. 병살로 끊고 가자."

박상현도 씩 웃으며 다시 포수 마스크를 뒤집어썼다. 강동열의 슬라이더가 예리한 만큼 타자의 타이밍만 빼앗는다면 더블플레이도 충분히 가능할 것 같았다.

그러나 일본도 애써 잡은 기회를 이대로 놓칠 생각이 없었다.

툭.

벤치의 사인을 확인하듯 2번 타자 와다 노리히로가 제 헬멧을 두드린 뒤 타석에 들어섰다. 시작부터 자세를 낮춘 게 번트 사인이 난 것 같았다.

그래서인지 1루 주자 아카호시 도모히로도 리드를 많이 한 상태였다.

'이번 대회에서 도루만 6개라고 했지.'

강동열이 못마땅한 눈으로 아카호시 도모히로를 노려보았다.

그러자 박상현이 견제 사인을 냈다. 그 역시도 아카호시 도모히로의 리드가 과하다고 생각한 것이다.

강동열은 고개를 끄덕이며 1루에 곧바로 견제구를 날렸다.

"이런!"

1루 주자 아카호시 도모히로가 다급히 1루 베이스로 몸을 날렸다.

"좋아, 좋아!"

1루수 하석진이 아카호시 도모히로를 가볍게 태그한 뒤 강동열에게 공을 돌려주었다.

강동열은 투구판을 밟고 사인을 기다렸다.

그러자 아카호시 도모히로가 슬금슬금 움직여 1루 베이스에서 벗어났다. 그러고는 조금 전과 똑같은 위치에서 멈춰 섰다.

'그 정도면 충분히 살 수 있다고 생각했다는 거지?'

강동열이 망설이지 않고 또다시 견제를 하였다. 역시나 아카호시 도모히로는 1루로 몸을 날렸다.

"세이프."

1루심이 천천히 양팔을 벌렸다. 그러자 관중석에서 야유가 흘러나왔다.

"우우우우!"

"뭐하는 거야!"

"언제까지 견제만 할 건데?"

순식간에 도쿄 돔이 크게 술렁였다.

하지만 강동열은 그런 것에 신경 쓰지 않았다.

어차피 이곳은 일본의 홈 그라운드였다. 게다가 한일전이다. 관중들이 일방적으로 일본을 응원하는 건 당연한 일이었다.

'기죽지 말자.'

강동열이 단단히 입술을 깨물었다.

그때 박상현으로부터 사인이 왔다.

'동열아, 1루는 신경 쓰지 마. 타자에 집중하자. 번트를 대겠다면 대주자. 단, 쉬운 볼은 안 돼.'

사인을 확인한 뒤 강동열이 고개를 끄덕였다. 그리고 1루주자 아카호시 도모히로를 눈으로 견제한 후 힘껏 공을 던졌다.

후앗!

강동열의 손끝을 빠져나간 공이 바깥쪽으로 흘러 나갔다.

그러자 와다 노리히로가 기다렸다는 듯이 방망이를 밀어냈다.

그런데.

따악!

타구의 코스가 아주 절묘했다. 3루 베이스를 라인을 타고 데굴데굴 굴러갔다.

3루수 최원진이 곧바로 뛰어나왔지만 선불리 잡지 못했다. 자세를 낮춘 채 파울라인으로 벗어나길 기다렸다.

하지만 벗어날 듯 꿈틀거리던 공이 마지막 순간에 딱 멈춰섰다. 바로 라인 바로 위에서 말이다.

"으아악, 젠장할!"

최원진이 다급히 공을 집어 들었지만 그때는 모든 상황이 끝나 버린 뒤였다.

1사 2루가 되어야 할 상황이 무사 주자 1, 2루가 되었다. 덩달아 도쿄 돔 곳곳에서 환호성이 터져 나왔다.

반면 대한민국 더그아웃은 머리를 감싸며 안타까워했다.

"젠장! 저게 왜 안 나가는 거야."

"조금만 나가면 파울인데."

뒤늦게 아쉬움을 토로해 봐야 달라지는 건 없었다.

그렇게 발 빠른 주자를 루상에 내보내면서 일본 대표 팀은 선취점을 얻을 기회를 잡았다.

박상현이 마운드에 올라와 강동열에게 직접 공을 건넸다.

"괜찮아?"

"네, 선배. 괜찮아요."

"그래, 중심 타선이긴 하지만 긴장하지 말자. 번트는 없을 거야. 땅볼로 유도해서 아웃 카운트를 늘리자고."

"네, 알겠습니다."

강동열은 마음을 다잡고 3번 타자 후쿠도메 요시노부를 상대했다. 메이저리그에서도 주목하는 타자로 알려진 후쿠도메 요시노부는 강동열의 초구와 2구를 지켜본 뒤 3구째 들어온 몸 쪽 슬라이더를 힘껏 잡아당겼다.

따악!

방망이 중심에 걸린 타구가 1루와 2루 사이를 꿰뚫듯 뻗어 나갔다. 하지만 평소보다 깊숙이 수비를 하고 있던 2루수 안상현이 반사적으로 몸을 날리며 빠져나가려는 타구를 건져 냈다.

"1루! 1루로!"

유격수 임성진의 목소리를 들은 안상현이 곧장 1루로 공을 내던졌다. 안타라고 확신하고 여유를 부렸던 후쿠도메 요시노부는 아웃. 그사이 주자들은 한 베이스씩 진루를 마쳤다.

1사 주자 2, 3루.

이제 겨우 첫 번째 아웃 카운트를 잡은 상황에서 일본의 4번 타자 다카하시 코스케가 타석에 들어섰다.

"후우……."

강동열이 길게 숨을 골랐다. 박상현이 요구하는 대로 땅볼을 유도했지만 기대했던 더블플레이는 만들어지지 않았다. 오히려 3연속 안타를 허용할 뻔했다.

발 빠른 주자가 3루에 나간 상황에서 실점하지 않는 가장 확실한 방법은 하나뿐이었다. 바로 삼진.

과연 삼진을 잡을 수 있을까?

무리해서 잡으려다가 오히려 홈런을 맞지 않을까?

강동열의 머릿속이 절로 번잡해졌다. 그러자 박상현이 집중하라며 미트를 팡팡 두드렸다.

'그래, 정신 차리자!'

강동열은 애써 마음을 다잡았다. 그리고 박상현의 미트에 시선을 고정했다.

초구 사인은 바깥쪽에 걸치는 포심 패스트볼.

좌타자인 다카하시 코스케의 눈에는 한복판으로 날아들다가 도망치는 것처럼 느껴질 코스였다.

'앞선 타석에서 삼진을 당한 게 있으니까 큰 걸 노리겠지. 빡빡한 코스는 치지 않을 거야.'

강동열은 다카하시 코스케가 초구를 걸러주길 바랐다.

그러나 벤치의 사인을 받은 다카하시 코스케는 욕심 부리지 않고 바깥쪽으로 들어오는 공을 그대로 밀어쳐 버렸다.

따악!

방망이 끝 부분에 걸린 공이 하늘높이 치솟았다.

다행히도 낙구 지점에는 좌익수 황선주가 대기하고 있었다.

그사이 3루 주자 아카호시 도모히로가 태그업 준비를 했다. 그리고 황선주가 공을 잡자마자 홈으로 내달려 첫 번째 득점을 신고했다.

1 대 0.

팽팽하던 0의 균형이 깨졌다.

강동열은 5번 타자 니오카 요시모토를 유격수 땅볼로 돌려세우며 4회 초를 끝마쳤다. 그리고 청소년 대표 팀의 4회 말 공격이 이어졌다.

타순은 1번 타자 강덕진으로부터 시작되었다.

이번 대회 강덕진도 1번 타자로서 자기 몫을 톡톡히 하고 있었다. 비록 1회 초에는 아쉽게 범타로 물러났지만 두 번째 상대해서는 그렇지 않았다.

따악!

볼카운트 투 스트라이크 원 볼 상황에서 강덕진은 바깥으로 흘러나가는 슬라이더를 툭 건드려 3유간을 빠지는 안타를 만들어냈다. 니시노 유카의 공이 살짝 몰렸는데 그걸 놓치지 않고 공략해 낸 것이다.

"그렇지!"

"잘했어!"

조마조마한 얼굴로 경기를 지켜보던 청소년 대표 팀 선수들이 환호성을 내질렀다. 그 소리에 자극을 받은 듯 강덕진이 슬금슬금 리드 폭을 넓혔다.

벤치에서는 번트가 나왔지만 강덕진은 여차하면 도루를 강행할 생각이었다. 일단 2루를 훔친 뒤 번트로 3루까지 진출한다면 굳이 안타가 나오지 않더라도 충분히 동점을 만들

수 있다고 계산했다.

하지만 일본의 배터리는 강덕진을 2루로 내보낼 생각이 전혀 없었다.

"어딜!"

강덕진의 움직임을 눈으로 지켜보고 있던 니시노 유카가 빠르게 1루로 공을 내던졌다.

"이, 이런!"

강덕진이 재빨리 슬라이딩을 시도했지만 1루수 다카하시 코스케의 글러브 터치가 좀 더 빨랐다.

"아웃!"

1루심이 곧바로 손을 들었다. 강덕진이 자신이 더 빨랐다고 항변해 봤지만 1루심의 판정은 달라지지 않았다.

"젠장할!"

강덕진이 이를 악물며 더그아웃으로 되돌아갔다. 그렇게 애써 잡은 기회가 수포로 돌아가고 말았다.

따악!

루상에 주자가 없자 2번 타자 안상헌도 번트 자세를 풀었다. 그리고 4구째 들어오는 커브를 공략해 중견수 앞에 떨어지는 안타를 만들어냈다.

—니시노 유카, 연속해서 안타를 허용하는데요.

–아무래도 볼 배합에 문제가 있는 것처럼 보입니다. 한 타순이 돌았다는 이유로 불필요하게 변화구 비중을 높일 필요는 없는데 말이죠.

–한국 대표 팀 입장에서는 강덕진 선수의 견제사가 뼈아플 텐데요.

–만약 강덕진 선수가 살아 있었다면 한국 대표 팀은 번트 작전을 구사했겠죠. 아마 일본처럼 좋은 득점 기회를 만들어 내지는 못했을 겁니다.

–그래도 니시노 유카 선수, 긴장해야 합니다. 이제부터 한국의 중심 타선이에요.

–그다음 타자가 4번 타자 하석진인데요. 이번 대회에서 3개의 홈런포를 가동한 하석진 선수를 편히 상대하려면 3번 타자 이진혁 선수를 꼭 잡아내야 할 것 같습니다.

일본 중계진이 목소리를 낮춘 사이 3번 타자 이진혁이 타석으로 들어왔다.

그러자 일본 벤치에서 구로다 투수 코치가 올라와 니시노 유카와 포수 다나시게 겐지를 불렀다. 그리고 뭔가를 주문한 뒤에 마운드를 내려갔다.

아직 주자가 1루에 묶여 있었지만 니시노 유카는 침착하게 공을 던졌다.

퍼엉!

초구에 내던진 포심 패스트볼이 바깥쪽 아슬아슬한 코스를 파고들며 스트라이크 판정을 받았다.

퍼엉!

2구 역시 바깥쪽으로 꺾여 나가는 슬라이더. 살짝 빠진 감이 없지 않았지만 다나시게 겐지가 미트를 안으로 밀어 넣으며 두 번째 스트라이크가 선언됐다.

"젠장할!"

몸 쪽 공이 들어오길 기다리다 순식간에 궁지에 몰린 이진혁이 입술을 깨물었다. 이렇게 된 이상 스트라이크존을 파고드는 공은 무조건 건드릴 수밖에 없었다.

그때였다.

후웃!

니시노 유카가 내던진 3구가 거의 한복판으로 말려 들어왔다.

'실투다!'

이진혁은 망설이지 않고 방망이를 내돌렸다. 그런데 마지막 순간에 공이 흔들리더니 뚝 하고 떨어져 버렸다.

'젠장!'

이진혁이 삼진을 피하기 위해 다급히 팔을 쭉 뻗어냈다. 그런데 그 선택이 최악의 결과를 만들어내고 말았다.

따악!

방망이 끝 부분에 걸린 타구가 3루수 이바타 미치히로의 정면으로 굴러갔다.

"이바타! 2루!"

가볍게 공을 걷어 올린 이바타 미치히로가 곧장 2루로 공을 던졌다. 그리고 2루수 와다 노리히로가 그 공을 1루로 돌리며 5-4-3으로 이어지는 더블플레이가 완성됐다.

"제에엔장!"

1루에서 아웃이 된 이진혁이 하늘을 올려다보며 악을 내질렀다.

하지만 그런다고 해서 아웃이 번복되지는 않았다.

똑같이 무사 1루에서 시작된 기회가 전혀 다른 결과로 이어졌다. 그리고 침체된 분위기 속에 강동열이 마운드에 올라왔다.

5회 초 일본 대표 팀의 공격은 6번 타자 이바타 미치히로부터 시작이었다. 일본 언론에서는 공포의 하위 타선이라며 잔뜩 치켜세웠지만 체력을 보충하고 마운드에 오른 강동열의 공격적인 피칭 앞에 속수무책으로 끌려다녔다.

6번 타자 이바타 미치히로는 원 스트라이크 원 볼 상황에서 3구째 커브를 건드려 2루수 플라이로 물러났다.

7번 타자 다니 가스히로는 초구와 2구째 연속 기습 번트를 시도했다가 실패한 이후 3구째 바깥쪽으로 흘러나가는 슬라이더를 건드려 유격수 앞 땅볼로 아웃됐다.

8번 타자인 포수 다나시게 겐지는 3구 삼진.

그렇게 5회 초 일본 대표 팀의 공격은 삼자범퇴로 끝이 났다.

강동열이 호투로 분위기를 반전시키면서 그 분위기가 다시 청소년 대표 팀 쪽으로 넘어왔다.

5회 말 선두 타자로 들어온 4번 타자 하석진이 니시노 유카의 초구를 잡아당겨 우익선상에 떨어지는 큼지막한 타구를 만들어낸 것이다.

"뛰어! 뛰어!"

"석진아! 달려!"

일본의 중계 플레이가 매끄럽게 진행됐지만 펜스 근처까지 굴러간 타구 덕분에 하석진은 무사히 2루에 안착했다.

"크아아!"

하석진이 청소년 대표 팀 더그아웃을 향해 주먹을 들어 올렸다.

"나이스! 잘했어!"

벤치에 앉아서 경기를 지켜보던 강동원도 이 순간만큼은 선수들과 하나가 되어 박수를 보냈다.

그리고 오늘 경기 처음으로 맞이한 득점 찬스에서 5번 타자 최원진이 타석에 들어왔다.

"원진아! 부담 갖지 말고 쳐!"

"자신 있게! 병살 없어!"

선수들의 독려 속에 최원진은 초구부터 자신 있게 방망이를 휘돌렸다. 조금 높게 들어왔다 싶은 몸 쪽 포심 패스트볼을 놓치지 않은 것이다.

따악!

묵직한 타격음과 함께 최원진이 타구를 올려다봤다. 하지만 방망이 안쪽에 걸린 타구는 생각만큼 멀리 뻗지 못했다.

열댓 걸음 뒷걸음질을 치던 우익수 후쿠도메 요시노부가 여유롭게 글러브를 들어 올렸다. 그러자 2루 주자 하석진이 태그업 플레이를 시도했다.

"뛰어!"

후쿠도메 요시노부의 포구를 확인하기가 무섭게 청소년 대표 팀 선수들이 한목소리로 소리쳤다.

하석진은 뒤도 돌아보지 않고 3루를 향해 내달렸다. 후쿠도메 요시노부가 강한 어깨를 자랑하듯 곧장 3루로 공을 내던졌지만 송구가 빗나가면서 하석진을 잡아내지 못했다.

그렇게 1사 3루의 기회가 찾아왔다.

"감독님, 어떻게 하시겠습니까?"

동점 주자가 코앞까지 다가오자 박준태 수석 코치가 김운식 감독을 바라봤다.

6번 타자인 임성진도 한 방이 있는 타자였다. 하지만 정확도가 부족했다. 믿고 맡겼다가 최악의 경우가 벌어지지 말라는 보장이 없었다.

그러자 김성희 타격 코치가 냉큼 끼어들었다.

"대타를 쓰시죠. 주승이가 괜찮을 거 같습니다."

최원진에게 밀리긴 했지만 휘민 고등학교 김주승도 프로가 주목하는 유망주였다.

장타 능력뿐만 아니라 공을 맞히는 재주도 좋아서 청소년 대표 팀의 첫 번째 대타 옵션으로 활약하고 있었다.

"제 생각도 같습니다. 주승이가 나을 것 같습니다."

김성식 투수 코치고 동의하듯 고개를 주억거렸다. 니시노 유카의 공에 좀처럼 타이밍을 맞추지 못하는 임성진보다는 김주승 쪽이 조금 더 승산이 있다고 판단했다.

하지만 김운식 감독은 고개를 저었다.

"성진이를 빼면 수비가 흔들려. 그냥 밀고 가자고."

임성진은 내야 수비의 핵인 유격수를 맡고 있었다. 그리고 오늘 경기에서도 깊숙한 타구를 두 개 건져 내며 실점을 최소화하는 데 크게 일조하고 있었다.

만약 임성진을 빼고 김주승을 넣는다면 그다음 수비 때는 공수 모두가 아쉬운 백업 선수, 이석진과 교체할 수밖에 없었다. 결과적으로 한 번의 교체로 인해 수비의 핵인 임성진도, 한 방 능력이 있는 김주승도 전부 사라져 버리는 셈이다.

"성진이를 믿어. 분명 하나 해줄 거야."

김운식 감독이 임성진을 바라봤다. 그러고는 자신 있게 스윙하라는 사인을 냈다.

만에 하나 스퀴즈 사인이 나올지도 모른다고 여겼던 임성진이 가볍게 고개를 끄덕였다. 그러자 일본의 내야 수비진이 전진 수비를 펼치기 시작했다.

—1루수와 3루수가 베이스 라인 앞쪽까지 들어왔습니다.

—2루수와 유격수도 잔디 부분까지 들어왔는데요.

—3루 주자를 막겠다는 생각이겠죠?

—비록 2루타를 허용하긴 했지만 니시노 유카의 공은 여전히 위력적이니까요.

—반면 임성진은 앞선 타석 때 2루수 땅볼로 물러났는데요.

—네, 니시노 유카의 공에 제대로 대처하지 못하는 모습이었습니다.

—이번에도 같은 상황이 벌어진다면 3루 주자가 홈에 들어오는 건 어려울 것 같습니다.

—아마 그렇겠죠. 발 빠른 강덕진이나 안상현이라면 모르

겠지만 하석진은 주루 플레이에 능한 선수가 아니니까요.

일본 대표 팀은 동점을 허용하지 않겠다는 의지를 분명하게 했다. 그러자 니시노 유카의 투구도 바뀌었다.

최고 구속 157㎞/h의 빠른 공으로 카운트를 잡아 나가는 피칭을 선보이다가 갑작스럽게 변화구의 비중을 높인 것이다.

'젠장. 갑자기 나한테 이러는 이유가 뭔데?'

임성진은 니시노 유카가 야속했다. 이제 겨우 포심 패스트볼에 익숙해지나 싶었는데 낯선 공들이 들어오니 노림수는커녕 타이밍을 잡는 것조차 어려웠다.

그 와중에 볼카운트가 투 스트라이크 투 볼로 바뀌었다.

'저곳만 넘기면 되는데.'

임성진의 시선이 3유간 쪽으로 향했다. 전진 수비를 하느라 뻥 뚫려 버린 저곳으로 공을 보내기만 하면 3루 주자 하석진을 여유롭게 불러들일 수 있을 것 같았다.

'몸 쪽으로 하나만 들어와라.'

임성진이 속으로 주문을 외우며 방망이를 들어 올렸다.

그 순간.

후앗!

니시노 유카의 손끝을 빠져나온 공이 임성진의 몸 쪽을 파고들었다.

'왔다!'

임성진의 방망이가 매섭게 돌아갔다. 느낌상 포심 패스트볼이라고 확신한 것이다.

하지만 포심 패스트볼처럼 들어오던 공은 마지막 순간에 임성진의 몸 쪽으로 꺾여 들어갔다.

커터.

가끔씩 보여주기 식으로 던지던 그 공이 임성진의 방망이 안쪽에 걸렸다.

딱!

묵직한 타격음과 함께 임성진의 손바닥이 찌릿하고 울렸다. 그리고 공은 홈 플레이트 앞에서 크게 바운드되며 3루 방향으로 솟구쳤다.

그것을 확인한 임성진이 재빨리 1루로 뛰어갔다.

'빠져라! 제발! 빠져나가!'

임성진은 전진 수비 중인 3루수 이바타 미치히로가 공을 놓칠 거라 여겼다. 하지만 이바타 미치히로는 빠르게 뒷걸음질을 치다가 점프를 해서 넘어가는 공을 막아내 버렸다.

"젠장!"

타구를 보고 홈으로 뛰어들던 하석진의 입에서 욕지거리가 터져 나왔다. 이바타 미치히로가 공을 잡든 말든 무작정 홈으로 달려들었다면 승부를 볼 수 있었겠지만 잠깐 발을 멈춰 세운 사이 런 다운에 걸려 버린 것이다.

"젠장! 젠자아앙!"

하석진이 홈과 3루를 오가며 시간을 벌었다. 이렇게 된 이상 타자 주자인 임성진이 2루에 들어갈 때까지 버텨야 했다.

"크아아아!"

임성진도 1루를 돌아 거침없이 2루로 내달렸다. 그렇게 하면 일본 대표 팀 야수들이 욕심을 부려 2루로 공을 던져 줄 거라 믿었다.

하지만 일본 대표 팀 야수들도 바보는 아니었다.

"2루는 버려!"

"이 자식을 잡아!"

오직 하석진을 목표로 부지런히 움직였다. 그리고 3루로 도망치는 하석진을 정확하게 잡아냈다.

"괜찮아. 잘했어."

"그래, 아직 안 끝났다고."

청소년 대표 팀 선수들이 한목소리로 하석진을 독려했다. 투 아웃이긴 하지만 주자가 2루에 가 있었다. 여기서 안타 하나면 최소 동점을 만들 수 있었다.

하지만 청소년 대표 팀 하위 타선의 타격 컨디션은 그리 좋지 않았다.

"변화구는 볼이 많아. 그러니까 변화구에 속지 말고 빠른 공을 노려. 알았지?"

"네, 알겠습니다."

노파심에 김성희 타격 코치가 7번 타자 강성원을 붙잡고 신신당부를 했다.

강성원은 김성희 코치의 조언을 충실히 따랐다. 2구와 4구째 들어온 두 개의 커브를 전부 걸러내며 볼카운트를 투 스트라이크 투 볼까지 끌고 갔다.

하지만 거기까지였다.

따악!

5구째 들어온 포심 패스트볼을 건드렸다가 2루수 앞 땅볼로 물러나고 말았다.

그렇게 4회에 이어 5회에도 청소년 대표 팀의 득점 기회는 무산되고 말았다. 그리고 일본이 한 점 리드한 상황에서 강동열이 다시 마운드에 올라왔다.

"동열아, 힘들더라도 조금만 더 버텨라. 여기서 무너지면 안 돼."

마운드로 올라가는 강동열을 바라보며 강동원이 나직이 중얼거렸다.

한일전. 그것도 1 대 0 박빙의 상황이다. 2학년이긴 하지만 강동열의 정신력은 강동원 이상이었다. 지금 상황에서 강동열을 대신할 수 있는 투수는 아무도 없었다.

그런 강동열의 목소리를 듣기라도 한 것일까. 강동열이 세 타자를 힘으로 찍어 누르고 6회 초를 마쳤다.

9번 타자 니오카 신야는 투 스트라이크 투 볼에서 바깥쪽 슬라이더를 던져 삼진으로 돌려세웠다. 니오카 신야가 슬라이더를 노리고 있었지만 강동열을 대표하는 결정구답게 날카롭게 꺾이면서 니오카 신야의 노림수를 무의로 돌려버렸다.

1번 타자 아카호시 도모히로 역시 4구째 몸 쪽을 파고드는 슬라이더를 던져 2루수 땅볼로 유도했다. 2번 타자 와다 노리히로는 초구 포심 패스트볼을 던져 2루수 플라이로 잡아냈다.

"불펜을 준비시켜야 하지 않을까요?"

마운드를 내려가는 강동열을 바라보며 박준태 수석 코치가 나직이 중얼거렸다.

6회를 마친 시점에서 강동열의 투구 수는 87구였다. 슬슬 힘도 떨어지고 한계 투구까지 몰린 상태였다.

"제 생각도 같습니다. 재윤이를 준비시키는 게 좋을 것 같습니다."

김성식 투수 코치도 기다렸다는 듯이 말을 받았다. 코칭스태프가 파악한 강동열의 한계 투구 수는 100구 전후였다.

하지만 일본 대표 팀을 상대한다는 정신적 스트레스를 감안했을 때 이미 한계 투구 수를 넘었다고 봐도 무리는 아니었다.

그러나 김운식 감독은 고개를 가로저었다.

"아니, 7회까지 밀어붙이는 게 좋겠어."

"하지만 감독님, 동열이는……."

"100구까지 아직 13개 남아 있잖아. 딱 100구까지네."

"아, 알겠습니다."

김운식 감독은 고집을 부렸다. 중심 타자로 연결되는 다음 이닝을 막아줄 적임자는 강동열뿐이라고 생각했다.

그사이 니시노 유카도 6회 말을 깔끔하게 틀어막았다.

6회까지 니시노 유카의 투구수는 89구. 그래서인지 일본 대표 팀도 불펜 투수들을 점검하기 시작했다.

"그래. 이만하면 잘 던졌다."

강동원은 강동열의 투구가 끝났다고 여겼다. 니시노 유카의 투구가 끝난 시점에서 더 이상 강동열이 공을 던지는 건 의미가 없다고 생각했다.

하지만 김성식 투수 코치와 잠시 대화를 나누던 강동열은 7회를 막기 위해 다시 글러브를 들었다.

그 모습을 본 강동원이 자신도 모르게 눈을 치떴다.

'응? 7회에도 동열이를 올리겠다고? 이건 아닌데. 아직 투수가 준비되지 않은 건가?'

강동원은 강동열이 이미 한계에 도달했다는 사실을 누구보다 잘 알고 있었다. 이미 5회 후반부터 포심 패스트볼의 구속이 떨어진 상태였다. 그 바람에 슬라이더와의 구속 차이가 줄어들면서 일본 타자들을 현혹시킬 수 있었지만 그 방법이 중심 타자들에게까지 통할 거란 생각은 들지 않았다.

그렇다고 해서 마운드로 올라가 버린 강동열을 끌어내릴 수도 없는 노릇이었다. 지금 이 상황에서 강동원이 할 수 있는 거라고는 강동열의 호투를 기도하는 것뿐이었다.

'잘 던져라, 동열아.'

강동원이 주먹을 힘껏 움켜쥐었다.

"후우……."

강동열도 마음을 다잡듯 로진 가루를 길게 불어냈다. 그 사이 까다로운 3번 타자 후쿠도메 요시노부가 타석에 들어섰다.

훙! 후웅!

후쿠도메 요시노부가 요란스럽게 방망이를 휘둘러 보였다. 그 모습이 마치 강동열에 대한 선전포고처럼 느껴졌다.

하지만 강동열은 동요하지 않았다. 어깨가 무겁고 구속이 떨어지긴 했지만 이 승부를 피할 생각이 없었다.

'그래, 중심 타선은 내가 막아야지.'

강동열이 질근 입술을 깨물며 박상현을 바라봤다. 그러자 박상현이 초구에 포심 패스트볼 사인을 냈다.

비록 1회만 못하다 하더라도 포심 패스트볼을 던지지 못한다면 슬라이더를 제대로 써 먹을 수가 없었다.

'동열아, 부탁한다!'

박상현이 바깥쪽으로 미트를 움직였다. 그와 동시에 강동열이 힘껏 공을 내던졌다.

퍼엉!

묵직한 포구 소리와 함께 미트가 흔들렸다. 하지만 박상현이 원하는 코스보다 공이 높았다.

"동열아, 나이스 볼!"

박상현은 일부러 큰 소리로 강동열을 독려했다. 그렇게라도 해서 강동열이 긴장이 풀리면 다시 공이 낮게 들어올 거라 믿었다.

하지만 체력적인 한계 속에서 중심 타선을 상대해야 하는 강동열은 자신도 모르게 어깨에 힘이 들어갈 수밖에 없었다.

퍼엉!

몸 쪽으로 파고든 공이 또다시 높게 제구됐다.

구심의 판정은 볼.

볼카운트가 노 스트라이크 투 볼로 바뀌었다.

'포심이 뜬다. 이래서는 안 돼.'

불안해진 박상현이 냉큼 슬라이더 사인을 냈다.

코스는 바깥쪽.

좌타자를 상대로 바깥쪽으로 흘러 나가다 마지막 순간에 스트라이크존에 걸쳐 들어오는 백도어성 슬라이더를 요구했다.

강동열도 고개를 끄덕인 뒤 힘껏 공을 내던졌다.

하지만.

따악!

후쿠도메 요시노부는 힘 들이지 않고 공을 정확하게 걷어냈다.

타구가 파울라인을 벗어나면서 볼카운트가 원 스트라이크 투 볼이 됐다.

'하나만 더 잡아내면…….'

박상현은 몸 쪽으로 낮게 떨어지는 슬라이더를 주문했다. 후쿠도메 요시노부가 낮은 공에 속아줄지는 모르겠지만 정면 승부보다는 유인구로 방망이를 끌어내는 게 나을 것 같았다.

강동열은 박상현의 요구대로 낮게 떨어지는 슬라이더를 집어넣었다.

하지만 후쿠도메 요시노부는 꿈쩍을 하지 않았다.

원 스트라이크 쓰리 볼.

'어떻게든 승부해야 해.'

박상현이 크게 숨을 내쉬었다. 다음 타자가 4번 타자 다카하시 코스케인데 후쿠도메 요시노부를 사사구로 내보낼 수는 없는 노릇이었다.

'어쩔 수 없어.'

박상현은 승부구로 아껴 두었던 몸 쪽 슬라이더를 주문했다.

스트라이크존을 파고들다 마지막 순간에 살짝 꺾여 들어오는 슬라이더라면 후쿠도메 요시노부도 반응하지 않을 수 없다고 판단했다.

그 예상은 적중했다.

따악!

공이 다가오기가 무섭게 후쿠도메 요시노부가 곧장 방망이를 휘둘렀다.

하지만 이번에도 타구는 1루 파울라인을 벗어났다.

그렇게 풀 카운트가 만들어졌다.

'이제 어찌한다.'

잠시 고심하던 박상현이 슬쩍 강동원을 바라봤다. 그러고는 이내 후쿠도메 요시노부의 몸 쪽으로 미트를 붙여 넣었다.

사인을 확인한 강동열이 잠시 주저했다.

하지만 그것도 잠시.

후앗!

박상현의 미트를 향해 힘껏 공을 내던졌다.

비산하는 로진 가루 속에서 빠져나온 공은 후쿠도메 요시노부의 머리 높이로 날아들다가 마지막 순간에 뚝 하고 떨어져 내렸다.

커브.

강동원만큼 무브먼트가 좋진 않았지만 빠른 승부에 리듬을 맞추고 있던 후쿠도메 요시노부의 타이밍을 빼앗기에는 충분한 공이었다.

"젠장!"

포심 패스트볼 타이밍에 허리를 내돌렸던 후쿠도메 요시노부가 무너지는 자세를 버텨 세우며 공을 맞히려 노력했다.

하지만 생각보다 일찍 떨어진 공은 그대로 원 바운드가 된 후 박상현의 미트 속에 빨려 들어갔다.

탁!

박상현이 곧바로 후쿠도메 요시노부를 터치하며 아웃.

그렇게 첫 번째 아웃 카운트가 만들어졌다.

'일단 하나 잡았어.'

강동열이 길게 숨을 돌렸다. 그사이 4번 타자 다카하시 코스케가 타석에 들어섰다.

투구판을 밟은 뒤 강동열이 박상현을 바라봤다.

초구 사인은 몸 쪽 포심 패스트볼.

강동열이 가볍게 고개를 끄덕였다. 그리고 글러브 안에서 조심스럽게 그립을 고쳐 쥐었다.

그런데 그 모습이 다카하시 코스케의 시야에 걸려 버렸다.

'슬라이더가 아니야. 그렇다면 포심이겠지.'

구종이 들통 났다는 사실도 모른 채 강동열은 힘차게 투구판을 박차고 나갔다. 그리고 다카하시 코스케의 몸 쪽을 향해 빠르게 팔을 휘둘렀다.

후읏!

강동열의 손끝을 빠져나간 공이 일직선으로 빠르게 날아갔다. 그와 동시에 다카하시 코스케의 방망이도 번개처럼 허리를 빠져나왔다.

따악!

강렬한 타격음과 함께 타구가 높게 치솟았다. 그러고는 순식간에 백여 미터를 비행한 뒤 센터라인 끝에 위치한 전광판을 직격해 버렸다.

"젠장할."

강동열의 입에서 욕지거리가 튀어나왔다. 뒤를 돌아볼 필요는 없었다. 맞는 순간 홈런이라는 것을 직감한 것이다.

"크아아아!"

일본 대표 팀의 4번 타자 다카하시 코스케가 크게 포효하며 다이아몬드를 돌았다. 그가 홈 플레이트에 발을 디디는 순간 관중들의 함성 소리가 도쿄 돔 가득 울려 퍼졌다.

"와아아아아아!"

잠시 후 전광판의 점수가 2 대 0으로 변했다.

–강동열 선수, 역시 일본의 4번 타자 다카하시 코스케의 벽을 넘지 못했습니다.

–아쉬운 투구였죠. 아무래도 한계 투구 지점까지 오면서 힘이 떨어졌던 모양입니다.

–투수 교체가 아쉬운 대목인데요.

–한국 대표 팀 입장에서도 강동열 선수를 쉽게 내리진 못했을 겁니다.

–반면 일본의 다카하시 코스케 선수는 4번 타자로서의 제 몫을 톡톡히 해냈는데요.

–정말 좋은 스윙이었습니다. 이대로 경기가 끝난다면 이번 대회 최고의 홈런으로 뽑힐 만한 타구였습니다.

–이건 결정적인 점수라고 봐도 되겠죠?

–일본 마운드는 확실히 높으니까요. 오늘 한국이 일본을 따라잡긴 어려워 보입니다.

현지 중계진은 다카하시 코스케의 한 방이 강동열과 한국을 완전히 무너뜨렸다며 조심스럽게 승리를 점쳤다. 두 차례 동점 기회가 무산된 가운데 추가 실점이 나왔으니 경기 흐름상 더는 버티기 어려울 것이라고 여겼다.

김운식 감독도 더 이상은 고집을 부리지 않았다.

"투수 코치……."

"네, 교체하겠습니다."

김운식 감독의 속내를 읽은 김성희 투수 코치가 고개를 끄덕인 후 마운드로 향했다.

"고생했다. 잘 던졌어."

"네."

"어깨 펴고. 아직 경기 끝난 거 아니니까. 알지?"

"네, 코치님."

강동열은 군말 없이 김성희 코치에게 공을 건네주며 마운드를 내려왔다. 그러고는 곧장 더그아웃 안쪽으로 사라져 버렸다.

"후우……."

강동원이 착잡한 얼굴로 강동열의 뒷모습을 지켜봤다. 마음 같아선 따라가 위로를 해주고 싶지만 좀처럼 발이 떨어지질 않았다. 게다가 위로를 해준들 정말로 위로가 될 것 같지도 않았다.

"동열아, 힘들겠지만 이겨내라."

강동원이 혼잣말처럼 중얼거렸다. 어떤 상황이든 홀로 이겨내는 것. 그것이야말로 에이스에게 주어진 시련이나 다름없었다.

강동원은 강동열이라면 금세 털고 회복할 거라 믿었다. 그 정도도 안 된다면 한때 강동열의 재능과 삶을 질투하고 시기했던 지난 과거가 부끄러워질 것 같았다.

7

강동열을 대신해 청소년 대표 팀 마운드는 유재윤이 올라왔다.

"좋아, 지금부터가 시작이야."

유재윤은 자신의 호투로 오늘 경기를 뒤집어 보겠다며 의욕을 불태웠다.

하지만 5번 타자 니오카 요시모토와 6번 타자 이바타 미치히에게 연속 2루타를 허용하며 추가 실점을 허용하고 말았다.

반면 7회 말에도 마운드에 올라온 니시노 유카는 세 타자를 깔끔하게 막아내며 무실점으로 에이스다운 피칭을 끝냈다.

8회와 9회는 양 팀 불펜 투수들의 호투 속에 득점 없는 공

방이 이어졌다. 그렇게 대한민국 대 일본의 경기는 3 대 0 일본의 승리로 끝이 났다.

니시노 유카 7이닝 4피안타 삼진 7개 승리 투수.
강동열 6.1이닝 3피안타 2실점 삼진 6개 패전투수.

이로써 일본이 4승으로 슈퍼라운드 1위에 올라섰다.

세계 청소년 야구 선수권 대회, 도쿄대첩 참패!
일본의 현미경 야구에 당한 대한민국 청소년 대표 팀. 전승 우승 수포로 돌아가.
미리 보는 결승전에서 패배한 한국 청소년 대표 팀. 과연 승산은 얼마나 있을까?
대한민국 숙전 일본에 패배! 우승 전선에 먹구름이 꼈다.

한일전 패배 이후 우호적이던 국내 여론이 180도 돌아섰다.
다른 나라도 아니고 일본에 3 대 0으로 완봉패를 했으니 기자들의 펜촉이 날카로워지는 것도 무리는 아니었다.

미국전까지 내리 6경기를 이기다가 단 한 번 패배한 것에 불과했지만 그 패배가 개최국에 결승전 상대인 일본이라는 점이 문제였다.

하지만 한국 야구의 대선배이자 메이저리그 전설로 불리는 박찬오는 한일전을 직접 시청한 뒤 자신의 SNS에 이러한 글을 올렸다.

한일전. 아쉽지만 잘 싸운 후배들에게 박수를 보낸다.

박찬오의 글이 누군가에 의해 야구 관련 커뮤니티로 퍼지고 그 글이 다시 기사화되면서 주요 포털에 게재가 되었다.

지금까지 잘 싸우다가 단지 한 번 졌을 뿐이다. 결승전이 좌절된 것도 아니다. 결승전에 앞서 예방 주사를 맞은 거라고 생각하자. 아마 우리 후배들도 정신이 번쩍 들었을 것이다. 그럼 앞으로의 일은 걱정 없다.

언론에 지나치게 질타받고 있는 후배들을 걱정하면서도 박찬오는 마지막에 충고의 말을 잊지 않았다.

절대로 기량 차이가 나서 패배한 것이 아니다. 그러니 후배들도 명심하기 바란다. 야구가 힘으로만 하는 스포츠가 아니라는 사실을 말이다.

ㄴ찬오 형 말이 맞네.

ㄴ찬오 형이 한 말이면 맞는 말이지.

ㄴ그래, 한 번 진 거 가지고 너무 소란 떨지 말자.

ㄴ결승전에서 되갚아주면 돼. 어차피 결승이 중요한 거였어.

박찬오의 글을 시작으로 부정적이던 여론이 조금씩 돌아서기 시작했다.

하지만 고작 그 정도로 청소년 대표 팀 분위기는 좋아지지 않았다.

그만큼 한일전 패배는 충격이 컸다. 전 국민이 원하고, 전 국민이 지켜보고 있었을 경기에서 졌다는 상실감은 이루 말로 형용할 수조차 없었다.

경기를 마치고 호텔로 들어온 선수들의 얼굴은 침울함으로 가득했다. 아예 압도적으로 패배한 거라면 모르겠지만 분명 이길 수 있는 경기였다. 여러 차례 기회가 따랐고 그 기회를 잡기 위해 최선을 다했지만 운이 따라주지 않았다.

"괜찮아! 결승전에서 이기면 되는 거야!"

"힘 내! 기죽지 마!"

호텔 앞에는 이미 많은 교포가 나와 응원과 위로의 말을 해주었다. 그러나 그들의 위로에도 선수들의 표정은 쉽사리 펴지지 않았다.

바로 어제까지만 해도 왁자지껄하던 분위기가 씻은 듯 사라졌다. 선수들은 시키지도 않았는데 방에서 나오지 않았다. 선수들이 머무는 방 복도도 쥐죽은 듯 조용해졌다.

김운식 감독도 말없이 자신의 방에 들어왔다. 오늘은 유난히 작전 미스가 많았다, 자신의 생각처럼 경기가 돌아가지도 않았다. 지금껏 오랜 감독 생활을 해왔지만 오늘처럼 답답한 경기는 손에 꼽힐 정도였다.

"후우……."

모자를 벗어 탁자 위에 올려놓으며 김운식 감독이 길게 한숨을 내쉬었다. 하지만 답답한 마음은 좀처럼 개운해지지 않았다.

오히려 갑작스럽게 급피곤이 몰려들었다.

"좀 쉬어야겠어."

김운식 감독이 의자에 몸을 깊숙이 묻힌 뒤 눈을 감았다. 바로 옆에 침대가 있었지만 마음 편히 침대에 누울 수가 없을 것 같았다.

만약 미국 대표 팀이나 쿠바 대표 팀이 이 모습을 보았다면 유난을 떤다고 한마디 했을지 몰랐다. 오늘 일본에 패배하긴 했지만 그렇다고 해서 결승 진출이 물 건너간 것은 아니었다.

현재 대한민국은 3승 1패였다. 예선 누적 성적 2승과 슈퍼라운드 성적 1승 1패. 마지막 남은 상대가 약체인 호주인 걸 감안하면 최종 성적은 4승 1패가 될 가능성이 높았다.

반면 조 2위로 올라온 미국과 쿠바는 현재 2패를 떠안은 상태였다. 그리고 서로 간의 맞대결에 따라 어느 한 팀은 2승 3패로 몰리게 될 수밖에 없었다.

미국 대표 팀은 결승전에 대한 미련을 아직까지 버리지 않고 있었지만 산술적으로 한국을 밀어낼 가능성은 없다시피 했다. 한국이 호주전에 패배해야 하는데 객관적인 전력상 기대하기 쉽지 않은 기적이었다.

그런 점에서 봤을 때 오늘 경기는 예선전 중 한 경기로 봐도 무방해 보였다. 어차피 결승전에서 이기는 나라가 모든 영광을 독식하게 마련이다. 박찬오의 말처럼 진짜 승부인 결승전을 위해 독한 예방 주사를 맞은 것으로 여겨도 나쁠 것 같지 않았다.

그때였다.

똑똑똑.

문을 두드리는 소리가 김운식 감독의 상념을 깨뜨렸다.

"누군가."

"박 코치입니다."

"들어오게."

문이 열리고 박준태 수석 코치가 들어왔다. 김운식 감독이 자세를 바로 하며 박 코치를 바라봤다.

"선수들은 어떤가?"

김운식 코치가 나직이 물었다. 그러자 박준태 코치가 씁쓸한 얼굴로 대답했다.

"분위기가…… 그다지 좋지 않습니다."

"흐흠……."

김운식 감독이 길게 한숨을 내쉬었다. 아무래도 어린 선수들이다 보니 오늘 패배를 받아들이는 게 쉽지 않을 것 같았다.

"다른 코치들과 함께 선수들을 잘 다독이게. 내일 호주전에 영향이 미치면 안 돼."

"안 그래도 다른 코치들이 지금 선수들을 다독이고 있을 겁니다."

"다행이군."

김운식 감독이 고개를 끄덕였다. 그리고 잠시 생각을 하더니 입을 열었다.

"내일 선발은 송일섭이지?"

"네, 조금 전에 통보를 해두었습니다."

"김 코치에게…… 아니, 자네가 일섭이 좀 봐 줘. 아무래도 부담이 클 테니까."

김운식 감독의 말에 박준태 코치가 고개를 끄덕였다.

"걱정 마십시오. 오늘 제가 끼고 자겠습니다."

"그래, 아무쪼록 잘 부탁하네."

"네, 감독님."

박준태 코치가 나가자 홀로 남은 김운식 감독은 다시 얼굴이 어두워졌다.

"내일 게임에 지장이 없어야 할 텐데."

김운식 감독의 입에서 무거운 한숨이 흘러 나왔다. 그 속에 담긴 고민들이 방 안을 이리저리 맴돌았다.

한편 강동원은 강동열을 달래주라는 박준태 코치의 특명 때문에 골치가 아픈 상태였다.

"그래도 나보다는 사촌 형인 네가 달래주는 게 나을 거야. 그리고 보다시피 내가 챙겨야 할 선수가 너무 많다."

박준태 코치는 따로 챙겨 온 컵라면을 강동원의 손에 쥐어 주며 신신당부를 했다. 그것도 하나가 아니라 두 개나 쥐어

주었다. 그렇다 보니 강동원도 차마 거절을 할 수가 없었다.

"동열아, 자냐?"

컵라면 두 개에 뜨거운 물을 부은 뒤 강동원은 일단 강동열의 방으로 들어갔다. 여기까진 쉬웠는데 그다음부턴 말문이 막혔다. 무슨 말을 어찌해야 할지 생각이 나질 않았다.

그사이 컵라면의 황금 타임인 3분이 훌쩍 지나 버렸다.

"야, 일어나. 라면 먹어."

"……."

"안 자는 거 다 아니까 빨리 일어나! 아까 밥도 대충 먹더만. 배고플 거 아냐!"

"……."

"야! 라면 불어! 빨리 일어나라니까?"

강동원의 뻔뻔스러운 재촉에 강동열이 마지못해 몸을 일으켰다. 혼자 방에서 울기라도 하면 어쩌나 걱정했지만 다행히도 강동열의 얼굴은 멀쩡해 보였다.

"나 라면 생각 없어."

"야, 이거 일본 라면 아냐. 한국 라면이야. 그것도 네가 좋아하는 찐라면!"

"……."

"자, 자. 다른 애들한테 안 들키려고 내가 얼마나 고생한 줄 알아? 그러니까 일단 먹자. 먹고 이야기하자."

강동원이 억지로 강동열의 손에 컵라면과 젓가락을 쥐어 주었다. 그러고는 제몫의 컵라면을 후후 불어 먹기 시작했다.

그 모습을 보니 강동열도 절로 식욕이 돋았다.

"나 동정하러 온 거야?"

강동열이 마지못해 젓가락을 잡아 뜯었다. 그러자 강동원이 코웃음을 쳤다.

"내가 왜 널 동정해야 하는데?"

"뭐?"

"니가 뭘 잘못했다고 내가 널 동정하는데? 너 잘 던졌어. 타자들이 형편없었던 거지."

강동열과 단둘뿐이라서일까. 강동원이 속마음을 있는 그대로 끄집어냈다.

솔직히 일본 대표 팀을 상대로 6.1이닝 동안 2실점 했으면 잘 던진 거였다. 4회와 5회. 타자들이 두 번의 기회를 살렸다면 경기 결과는 충분히 달라졌을 터였다.

"그래도 인마, 타자들 너무 미워하지 마. 걔들이라고 못 치고 싶어서 그랬겠냐."

"……지금 나 위로하는 거 맞아?"

"거 참, 아니라니까. 오늘 너 진짜 잘 던졌어. 승패도 중요하지만 우승 후보인 일본을 상대로 그만큼 했으면 잘한 거야."

"하지만 그래도 난 이기고 싶었어."

"알아, 그 마음. 그러니까 괜히 풀죽어 있지 마. 너답지 않으니까. 그리고 말 그만 시켜. 라면 분다. 빨리 먹어. 내가 다 뺏어먹기 전에."

강동원이 한가득 면발을 입안에 집어넣었다. 그러자 강동열도 반사적으로 젓가락질을 시작했다.

'그래, 인마. 잘 먹고 잊어. 어차피 복수할 기회는 또 있으니까. 오늘 당한 치욕은 결승전에서 내가 백배천배로 되갚아 주마.'

강동열의 표정이 밝아진 걸 확인한 강동원이 국물까지 싹 비운 컵라면을 들고 자리에서 일어났다. 이만하면 됐다. 더 이상 위로랍시고 이런 저런 말을 건네봐야 도움이 될 것 같지도 않았다.

그런 강동원을 바라보며 강동열이 피식 웃음을 흘렸다.

"칫, 그래도 형이라고……."

다른 사람들은 형식적인 위로만 건네는데 이렇게 챙겨주는 강동원이 내심 고맙기만 했다.

하지만 그렇다고 해서 컵라면을 나눠 주고 싶은 마음까지 들진 않았다.

"그만 좀 보지?"

"안 먹어, 인마. 안 먹는다고."

"안 줄 거거든?"

"췟. 치사한 놈."

강동원이 피식 웃으며 방을 나섰다. 여전히 복도는 쥐죽은 듯 조용했다. 코치들이 나서서 달래고 있다고는 하지만 당장 웃고 떠들 분위기는 아닌 모양이었다.

"잠깐 바람 좀 쐴까?"

강동원은 엘리베이터를 타고 라운지로 향했다. 그리고 시원한 밤바람을 맞으며 상념에 잠겼다.

'원래 일본전에 패배하는 것이 맞아. 전에도 그랬으니까. 그런데 내가 바꾼 미래는 뭐지? 분위기상으로는 일본을 잡을 줄 알았는데.'

강동원은 내심 미국전 승리로 한국이 전승 우승을 할 수 있지 않을까 기대했다. 봉황기 준결승 때처럼 뭔가가 바뀌면 연쇄적으로 다른 결과까지 함께 바뀌어 나갈 거라 생각했다.

하지만 정작 일본전 패배는 그대로였다. 선수가 바뀌었으니 세세적인 경기 내용이 달라지긴 했지만 일본에 패배한 것만큼은 그대로였다.

"내가 간섭하지 않으면 바뀌지 않는 건가? 아니면 원래 호주전에서 이겨야 할 걸 내가 이긴 건가?"

강동원은 머릿속이 복잡해졌다. 그럴수록 내일 있을 호주전이 걱정스러웠다.

내일 호주전에서 승리를 한다면 한국 대표 팀은 일본과 다시 한번 우승을 두고 다투게 된다.

하지만 내일 호주전에서 패배하면 미국이나 쿠바, 두 나라 중 한 나라와 2위 자리를 놓고 다투게 될 수 있었다.

"일섭이가 잘해야 할 텐데……."

밤바람이 점점 쌀쌀해지자 강동원은 서둘러 엘리베이터에 올랐다. 그리고 방에 들어가려다 박준태 코치와 마주쳤다.

"코치님!"

"어디 갔다 오는 길이야?"

"그냥 로비에 잠깐 내려갔다 왔는데요. 저 보러 오셨어요?"

"아니, 일섭이. 내일 호주전 선발이 일섭이잖아. 그래서 살펴보러 왔다."

"아, 그래요? 그럼 들어오세요."

강동원이 방문을 열려고 하자 박준태 코치가 나직이 말했다.

"동원아, 그러지 말고 오늘 하루만 방을 바꿔서 자자."

"네?"

"일섭이가 긴장 많이 했을 테니까 좀 달래주려고 그래."

"아, 네. 알겠습니다. 그럼 전 코치님 방으로 가겠습니다."

"그래."

강동원이 인사를 하고 몸을 돌렸다. 그렇지 않아도 송일섭이 걱정됐는데 박준태 코치라면 잘 다독여 줄 것 같았다.

박준태 코치는 강동원을 보내고 잠시 심호흡을 한 후 문을 열었다.

"일섭아, 자냐?"

방으로 들어가 보니 송일섭이 머리까지 이불을 덮어 쓰고 누워 있었다.

"벌써 자는 거 아니지? 아니면 나랑 이야기 좀 할래?"

박준태 코치가 조용조용한 목소리로 말했다. 그러자 송일섭이 부스스 자리에서 일어났다.

내일 호주전에 대한 부담감이 큰 것일까. 송일섭의 표정은 썩 좋아 보이지 않았다.

"일섭아, 많이 떨리냐?"

"조금이요"

"조금은 무슨. 얼굴 보니 완전 얼어버렸구만. 하긴, 오늘 일본에 져서 네가 부담을 느끼는 것도 이해는 간다."

박준태 수석 코치는 빙빙 돌려서 말하지 않았다. 오히려 정공법으로 나가는 것이 좋은 결과로 이어질지 모른다고 생각했다.

"일섭아."

"네, 코치님."

"내일 널 선발로 내세우려는 것은 그만큼 네가 실력이 있어서야. 난 네가 충분히 잘 던질 거라고 생각해. 까짓것 지면 어때. 그냥 넌 최선만 다해 던지면 돼."

박준태 코치가 송일섭을 위로하기 위해 애를 썼다. 송일섭은 그런 박준태 코치의 말을 들으며 가만히 있었다.

"내일 아무 걱정 말고 던져! 감독님도 그렇고 나도 그렇고 모든 코치가 다 널 믿고 있으니까. 맘껏 후회 없이 던지면 돼. 알겠지."

"……네에."

그래도 쉽게 송일섭의 마음의 부담감을 내려놓지는 못했다. 그러자 박준태 코치가 송일섭의 등을 힘껏 때렸다.

"짜식아, 넌 최고야! 걱정 마."

박준태 코치가 엄지손가락까지 추켜세우며 송일섭을 위로했다. 덕분에 송일섭의 얼굴이 조금 풀어졌다.

"노, 농담하지 마세요."

"얌마, 내가 농담하는 거 봤어?"

"그럼 동원이 보다도 잘 던져요?"

송일섭의 대뜸 뜬금없는 질문에 박준태 코치가 움찔했다. 그는 많이 당황했는지 눈동자가 급격히 흔들렸다.

"아, 그, 그거? 그러니까. 그게 말이지. 너와 동원이는 투구 스타일도 다르고, 그 뭐냐……."

"거짓말 하실 거면 제대로 좀 하시지. 그냥, 하는 말로도 제가 더 잘 던진다고 해주실 수 있잖아요?"

"짜식, 미안하다. 내가 워낙에 거짓말을 못하는 스타일이라. 그래도 동원이 빼고는……."

"동열이보다도요?"

"응? 동열이? 그, 그치. 동열이보다도 네가 잘 던지지."

박준태 수석 코치는 송일섭의 눈을 피하며 말을 했다. 그것을 본 송일섭이 고개를 푹 숙였다.

"역시 거짓말 못하시네."

"미안하다. 하지만 그 두 사람 말고는 없어."

"아주 큰 위로가 되네요."

송일섭이 쓴웃음을 지었다. 그 모습을 본 박준태 코치가 피식 웃었다.

"자식, 그래도 아까보다는 표정이 훨씬 낫네!"

박준태 코치의 말에 송일섭이 냉큼 웃음을 감췄다. 하지만 이제 와 심각한 척 굴어봐야 아무런 소용이 없었다.

"어쨌든 내일 부담 갖지 말고 마음껏 던져. 그 누구도 널 뭐라고 할 사람 없으니 말이야. 아, 오늘 나도 피곤하다. 자야겠다."

그렇게 말을 하며 박준태 코치가 강동원의 침대에 드러누워 버렸다.

"엥? 코치님 여기서 주무시게요?"

"그래, 여기서 자면 안 되냐?"

"그건 아니지만……. 그럼 동원이는요?"

"동원이? 그야 김성희 타격 코치랑 자겠지. 아니지, 잘 수 있을라나. 아무튼 너도 일찍 자라. 나도 간만에 편히 자보자."

박준태 수석 코치는 그렇게 중얼거리며 눈을 감았다.

"네, 코치님."

송일섭도 대답을 하고는 침대에 누웠다.

그 시각 강동원은 누구 때문에 밤잠을 설치며 괴로워하고 있었다.

"제발……."

드르르르릉! 컹! 드르르르릉! 커커커컹!

우렁찬 코골이가 방 안 가득 사운드처럼 울려 퍼졌다. 코골이의 주인공은 다름 아닌 김성희 타격 코치였다.

그 맞은편에 강동원이 휴지로 귀를 막고, 이불까지 뒤집어쓴 채 누워 있었다. 그는 잔뜩 찡그린 표정으로 잠을 자려고 애를 썼다. 하지만 우렁찬 코골이에 쉽게 잠을 청하지 못하고 있었다.

강동원은 거의 울먹이며 입을 열었다.

"젠장, 코치만 아니면……."

14장
리턴 매치

1

박준태 수석 코치의 위로가 통한 것일까.

다음 날 마운드에 오른 송일섭은 펄펄 날았다.

7이닝 1실점. 탈삼진 8개.

경기 후 메이저리그 스카우트들조차 송일섭의 이름 석 자를 기억하려 노력할 정도였다.

그렇게 4승째를 거둔 청소년 대표 팀은 대만을 격파하고 슈퍼라운드 전승을 기록한 일본과 결승에서 맞붙게 됐다.

결승전 일정은 슈퍼라운드 최종전 이후 이틀 후부터 시작됐다.

일단 슈퍼라운드에서 5위와 6위에 오른 대만과 호주가 다시 한번 5, 6위 결정전을 펼쳤다.

두 팀 다 에이스를 등판시키며 전력을 다했지만 상대 전력에서 우위에 있는 대만이 7회 콜드 게임으로 호주를 따돌렸다. 그렇게 대만이 최종적으로 5위를 기록했고 호주가 6위에 머물렀다.

5, 6위 결정전이 치러진 다음 날 3, 4위 결정전이 열렸다.

3, 4위 결정전은 미국과 쿠바의 리턴 매치로 치러졌다. 가장 강력한 우승 후보였다가 아시아 국가들에게 밀려 3, 4위 결정전으로 떨어지긴 했지만 미국과 쿠바는 치열하게 싸웠다. 여기서 이기는 나라가 3위(동메달)를 차지할 수 있기 때문이었다.

슈퍼라운드 맞대결에서는 미국의 싱거운 승리로 끝이 났다. 하지만 3, 4위 결정전의 분위기는 달랐다.

경기 후반까지 미국과 쿠바는 0의 행진을 이어갔다. 미국의 에이스 제이콥 필립스와 쿠바 에이스 프레드 알바레스의 호투 속에 양 팀 타자들이 속수무책으로 당해 버린 것이다.

그러다가 9회 초 쿠바 4번 타자 다니엘 모레아가 바뀐 투수를 상대로 결승 홈런을 때려내면서 쿠바가 미국에 1 대 0 한 점차 승리를 거두었다. 그리고 미국을 제치고 동메달을 차지했다.

이로써 우승 팀과 준우승 팀을 제외한 모든 순위가 결정됐다.

그리고 다음 날, 세계 최강을 가리기 위한 결승전이 도쿄돔에서 열렸다.

2

–전국에 계신 야구팬 여러분 안녕하십니까. 길었던 세계 청소년 야구 선수권 대회가 드디어 마지막 경기만을 남겨놓게 되었는데요. 지금부터 대한민국 대 일본, 일본 대 대한민국의 결승전 경기를 중계하도록 하겠습니다. 저는 캐스터 이우석, 제 옆에는 손혁수 해설위원께서 나와 계십니다. 안녕하십니까.

–네, 안녕하십니까.

–세계 청소년 야구 선수권 대회도 어느덧 막바지에 다다랐습니다. 오늘 이기는 나라가 세계 최정상에 오르게 됩니다. 물론 개인적으로는 우리 대한민국이 이겼으면 하는 바람이 크지만 실제 일본의 전력도 만만치가 않은데요. 슈퍼라운드에서 일본에게 한 번 졌죠?

–네, 그렇습니다. 앞선 경기에서 강동열 투수가 올라와 역투를 펼쳤지만 일본에 안타깝게 경기를 내주고 말았습니다.

–참으로 아쉬운 경기였는데요. 일본은 그때 나온 투수가 오늘도 나옵니다. 일본의 에이스 니시노 유카 선수죠. 그리고 대한민국은 투수가 바뀌었는데요. 에이스 강동원 선수가 예고되어 있습니다.

–미국전을 본 분들이라면 강동원 선수의 역투를 기억하실 겁니다. 그때처럼 차분하게 투구를 이어간다면 오늘 일본을 상대로도 충분히 통할 것이라 기대를 하고 있습니다.

–그럼 일단 한국 청소년 대표 팀이 상대해야 할 일본의 에이스 니시노 유카 선수에 대해서 간략하게 설명을 해주시겠습니까?

–일단 아시는 것처럼 좌완 투수입니다. 흔히 직구라 부르는 포심 패스트볼은 최고 157㎞/h까지 나오는 걸로 알고 있고요. 거기에 투심, 슬라이드, 서클 체인지업, 커브를 골고루 던지는 투수입니다.

–지난 경기 때는 포심 패스트볼과 슬라이더가 좋았는데요.

–네, 두 구종이야말로 니시노 유카 선수의 주 무기라 할 수 있습니다. 그런데 우타자일 때와 좌타자일 때의 투구 패턴이 조금 다릅니다.

–다르다? 어떻게 다른가요?

–일단 우타자를 상대할 때는 슬라이더를 기본으로 바깥

쪽으로 휘어져 나가는 서클 체인지업의 비중이 높아집니다. 반면 좌타자를 상대할 때는 투심 패스트볼을 자주 사용하는데 투심 패스트볼이 거의 백도어성으로 들어옵니다. 그래서 타자들이 바깥으로 빠져나간 줄 알지만 실제로는 홈 플레이트 안으로 들어오는 경우가 적지 않습니다.

–그렇군요. 그럼 우리 대표 팀 타자들은 그 점을 유의해서 니시노 유카 선수를 상대를 해야겠군요.

–아마도 그 점에 대한 분석은 이미 끝이 났을 겁니다. 무엇보다 타자들이 한 번 상대해 봤지 않습니까. 니시노 유카 선수의 공에 어느 정도는 적응이 됐을 거라고 생각합니다.

–이제 우리 강동원 선수의 이야기를 좀 해보도록 하죠. 미국전 선발로 나서 7이닝 무실점에 완벽한 피칭을 펼쳤는데요.

–네, 그렇습니다. 미국의 강타자들을 상대로 확실히 빼어난 투구를 선보였습니다.

–미국전에 잘 던졌으니 일본전도 문제없다는 반응이 많지만 또 미국과 일본은 스타일이 다르다는 이야기도 적지 않은데요. 오늘 경기 어떻게 전망을 하십니까?

–좋은 투구를 보여주리라 믿는 수밖에 없을 것 같습니다. 다만. 일본도 예선전과 슈퍼라운드 전승으로 결승전에 진출한 만큼 각별히 주의해야 할 것 같습니다.

―결국 강동원 선수가 미국전만큼만 던져 준다면 충분히 해볼 만하다는 말씀이신 거죠?

―네, 그렇습니다. 저는 충분히 이길 수 있다고 생각합니다.

―좋은 말씀 감사합니다. 아직 경기까지는 시간이 좀 남았으니 강동원 선수와 니시노 유카 선수, 오늘 경기 선발로 나서는 두 선수에 대해 조금 더 설명해 드리도록 하겠습니다. 일단 강동원 선수, 예선 1경기, 슈퍼라운드 1경기, 총 2경기에 나서서 2승을 거두었고요. 니시노 유카 선수 역시 예선 1경기 슈퍼라운드 1경기, 총 2경기에 나서서 똑같이 2승을 했습니다. 하지만 선발 맞대결은 이번이 처음입니다…….

한국 중계진의 설명이 흘러나오자 동안 중계 카메라가 도쿄 돔의 이곳저곳을 비추기 시작했다.

결승전이라서인지는 모르겠지만 도쿄 돔에는 이번 대회 들어 가장 많은 관중이 들어와 있었다.

그중 대다수를 차지하는 일본 관중은 자국 선수들을 응원하기 위해 플래카드와 북까지 총 동원했다.

반면 1루 측 더그아웃에 자리를 잡은 5백여 명의 대한민국 응원단은 일본의 기세에 지지 않기 위해 열정적으로 목소리를 높이고 있었다.

한편에는 응원이 목적이 아닌 이들도 있었다. 노트북이며 스피드건, 카메라까지 동원하며 양 팀 선수들을 유심히 살피는 이들의 정체는 다름 아닌 메이저리그 스카우터였다.

메이저리그 스카우터들은 이번 대회 최고의 투수는 누구일지에 대해 관심이 컸다. 특히 새롭게 등장한 강동원에 대한 기대감이 상당했다.

"이번에도 강동원이겠지?"

"무슨 소리야. 니시노 유카가 확실히 한 수 위라고."

"그거야 강동원이 주목을 받지 못했을 때 이야기잖아."

"나도 강동원이 이길 거라고 보는데?"

"여긴 일본 홈이야. 홈 어드밴티지를 무시하진 못할 거야."

"강동원이 계속해서 에이스 투수들을 상대해야 한다는 점도 마음에 걸려. 심리적 부담이 상당할 거라고."

강동원은 앞선 두 차례 선발 등판에서 이번 대회 최우수 투수상 유력 후보였던 쿠바의 프레드 알바레스와 미국의 제이콥 필립스를 모조리 꺾는 이변을 연출했다. 그리고 숙명의 라이벌, 일본 대표 팀의 에이스 니시노 유카를 상대하게 됐다.

반면 니시노 유카는 에이스 투수들을 전부 피했다. 미국전에서는 2선발급 투수인 제이크 필을 상대했고 한국전에서도 강동원이 아닌 강동열과 맞대결을 펼쳤다.

그렇다 보니 강동원을 한 수 위로 보는 스카우터가 적잖았다. 물론 메이저리그에서 통할 투수를 꼽으라면 니시노 유카를 선택하는 이가 많겠지만 적어도 강동원을 대놓고 무시하던 대회 초반의 분위기는 완전히 사라져 버렸다.

결승전답게 식전 행사는 길었다. 모처럼 일본에서 열린 경기에서 우승을 할 수 있다는 사실에 일본 야구계 인사들이 도쿄 돔에 총출동을 한 덕분이었다.

"이제 마지막이다. 오늘의 경기를 끝으로 모든 일정이 끝이 난다. 다른 말은 하지 않겠다. 모두들 후회 없는 경기를 하자!"

막간을 이용해 김운식 감독이 직접 선수들을 독려했다. 어지간해서는 선수들에게 부담 주지 않는 스타일이었지만 오늘만큼은 감독으로서 힘을 나눠주고 싶었다.

"넵! 감독님!"

다행히 선수도 모두 한마음 한뜻으로 힘차게 대답했다. 김운식 감독은 고개를 끄덕이며 몸을 돌렸다.

"자, 가자!"

김운식 감독이 손을 내밀었다. 그 위로 코치들과 선수들의 손이 빠르게 포개졌다.

"대한민국 우승!"

"아자! 아자!"

선수들이 하늘 높이 손을 들어 올리며 파이팅을 외쳤다. 그렇게 경기가 시작됐다.

일본의 홈경기다 보니 1회 초 선공은 대한민국이 가져갔다.

퍼엉!

행사 때문에 조금 늦게 마운드에 오른 니시노 유카가 연습 투구에 들어갔다. 대기타석에는 강덕진이 방망이를 휘두르며 니시노 유카를 유심히 살폈다.

'하나, 둘, 셋! 역시 약간 빠른데?'

강덕진은 니시노 유카의 타이밍을 잡기 위해 마음속으로 숫자를 세며 방망이를 휘둘렀다. 그 모습이 신경이 쓰였던지 니시노 유카도 전력으로 공을 던지지 않았다.

그렇게 연습 투구가 끝나고 구심이 경기를 속개했다.

퍼엉!

니시노 유카의 초구는 빠른 공이었다.

바깥쪽 스트라이크존을 날카롭게 통과한 공의 구속은 무려 156㎞/h.

"니시노오오오오!"

"가라!"

관중석 곳곳에서 함성이 터져 나왔다.

사방에서 쏟아지는 응원 소리에 힘이 난 것일까.

퍼엉!

니시노 유카의 2구가 거의 한복판으로 날아들었다.

하지만 이번에도 강덕진은 방망이를 내밀지 못했다.

158km/h.

니시노 유카가 더욱 구속을 끌어올렸기 때문이다.

"젠장할!"

순식간에 투 스트라이크에 몰린 강덕진이 질근 입술을 깨물었다. 이렇게 된 이상 스트라이크존에 들어오는 공은 어떻게든 걷어낼 수밖에 없었다.

그나마 다행인 건 이미 한 차례 니시노 유카의 공을 겪어봤다는 것이다.

퍼엉!

니시노 유카의 3구 투심 패스트볼이 백도성으로 바깥쪽을 파고들었지만 강덕진은 흔들리지 않았다. 코스상 볼이라고 판단했다.

다행히 구심도 볼을 선언했다. 포수 다나시게 겐지의 프레이밍이 지나치다고 판단한 것이다.

그렇게 공 하나를 어렵게 걸러낸 뒤 강덕진은 4구째 바깥쪽으로 들어오는 체인지업에 방망이를 휘둘렀다.

따악!

떨어지는 공을 쫓아 방망이를 간결하게 내밀었지만 제법 잘 맞은 타구는 3루수 정면으로 향했다.

3루수 이바타 미치히로가 안전하게 포구를 한 후 1루로 공을 던졌다.

"아웃!"

1루심이 오른팔을 들며 첫 번째 아웃 카운트가 올라갔다.

빈 타석으로 2번 타자 안상헌이 들어섰다. 지난 경기에서 니시노 유카에게 철저히 농락당한 탓일까. 그의 눈빛은 상당히 달라져 있었다.

하지만 정작 니시노 유카는 속으로 코웃음을 쳤다. 죽일 듯이 자신을 노려봐야 달라질 게 없다고 생각한 것이다.

"내 공만 제대로 던지면 그만이야!"

투구판을 힘차게 박차고 나가며 니시노 유카가 강하게 공을 던졌다.

퍼엉!

순식간에 지나간 공이 몸 쪽 깊숙한 코스를 파고들었다.

"스트라이크!"

구심이 가볍게 오른팔을 들어 올렸다. 안상헌이 깊었다며 항의를 해봤지만 구심은 들은 척도 하지 않았다.

초구 스트라이크를 잡은 니시노 유카는 2구 역시 몸 쪽으로 붙여 넣었다. 그때 안상헌이 재빨리 기습 번트를 시도했다.

딱!

방망이 안쪽에 걸린 타구가 목표였던 3루 파울라인이 아니라 3루수 정면으로 굴렀다.

"젠장!"

안상헌이 눈살을 찌푸리며 재빨리 1루로 뛰었다.

하지만 그보다 3루수 이바타 미치히로의 대응이 더 빨랐다.

가볍게 달려와 포구를 한 후 1루에 송구.

"아웃!"

1루심이 가볍게 주먹을 들어 올렸다. 그렇게 안상헌의 기습 번트는 실패로 돌아갔다.

—안상헌 선수, 니시노 유카 선수를 흔들기 위해 기습 번트를 시도했는데 타구가 너무 정직하게 굴러갔습니다.

—괜찮습니다. 오히려 이렇게나마 경기를 풀어가려는 시도는 칭찬해 줄 만합니다.

—그런데 니시노 유카 선수의 공이 상당히 좋아 보이는데요.

—아무래도 지난 등판 이후 충분한 휴식을 가졌고 또 한국 타자들을 상대한 경험이 있을 테니 자신 있게 공을 던지는 것 같습니다.

—이럴 때 중심 타선에서 뭔가 해결을 해줘야 할 텐데요.

—네, 한국의 중심 타선도 일본 대표 팀 못지않기 때문에 오늘은 한번 기대를 걸어봐도 좋을 것 같습니다.

한국 중계진이 상황을 정리하는 동안 3번 타자 이진혁이 타석에 들어섰다.

"어떻게든 살아 나가자."

지난 슈퍼라운드에서 니시노 유카에게 농락당했던 아픔이 있던 이진혁은 타석에서 침착해지기로 마음먹었다.

명색이 팀의 3번 타자고 결승전인 만큼 니시노 유카도 무턱대고 덤벼들지는 않을 거라 여겼다.

하지만 니시노 유카는 강덕진과 안상헌을 상대할 때처럼 공격적으로 투구했다.

퍼엉!

초구는 바깥쪽을 예리하게 찌르는 포심 패스트볼이 들어왔다.

"스트라이크!"

살짝 먼 느낌이었지만 구심은 망설이지 않고 오른팔을 들었다.

퍼엉!

2구는 반대로 몸 쪽을 찔러드는 포심 패스트볼.

"스트라이크!"

이번에도 구심은 스트라이크를 외쳤다.

퍼엉!

투 스트라이크 노 볼 상황에서 3구째 스윙을 유도하는 듯한 바깥쪽 하이 패스트볼이 날아들었다.

하지만 이진혁은 이를 악물고 스윙을 참아냈다. 다행히 구심도 빠졌다고 생각했는지 볼을 선언했다.

"하나만 더 참자."

이진혁은 투 스트라이크 투 볼이 되면 다시 한번 기회가 올 거라 여겼다.

그러나 니시노 유카는 이진혁과의 승부를 오래 끌고 갈 생각이 없었다.

후앗!

사인을 교환하기가 무섭게 한복판으로 빠른 공을 찔러 넣은 것이다.

"어딜!"

이진혁은 실투라고 생각하고 곧바로 방망이를 휘둘렀다. 그런데 빠르게 날아오던 공이 마지막 순간에 뚝 하고 떨어지면서 헛스윙이 되고 말았다.

'포, 포크볼!'

뒤늦게 구종의 정체를 알아챘을 때는 구심의 삼진 선언이 터져 나온 뒤였다.

"스트라이크 아웃!"

그렇게 청소년 대표 팀의 1회 초 공격이 허무하게 끝이 났다.

"크으!"

이진혁이 씁쓸한 얼굴로 더그아웃으로 몸을 돌렸다. 반면 니시노 유카는 일본 관중들의 우레와 같은 박수를 받으며 당당히 마운드를 내려왔다.

"짜식, 처음부터 세게 나오는데?"

그 장면을 지켜본 강동원이 오른쪽에 있는 글러브를 챙겨 들고 일어났다. 일본 대표 팀 타자들을 어찌 상대해야 할지 고민이 많았는데 청소년 대표 팀을 힘으로 찍어 누르는 니시노 유카를 보고 있자니 속이 부글부글 끓어올랐다.

마운드에 오른 강동원은 연습구를 던지며 가볍게 몸을 풀었다. 그 모습을 매서운 눈으로 지켜보던 1번 타자 아카호시 도모히로가 천천히 타석에 들어섰다.

포수 박상현은 아카호시 도모히로를 힐끔 살펴보고는 사인을 교환했다.

'이 녀석은 발이 빠르니까 조심해야 할 것 같은데. 우선 바깥쪽으로 한 개를 보내볼까?'

포수 박상현의 사인을 확인한 강동원이 가볍게 고개를 끄덕였다. 그러자 박상현은 미트를 가볍게 두드린 뒤 아카호시 도모히로가 눈치채지 못하게 바깥쪽으로 살짝 빠져 앉았다.

'초구는 여기로!'

가볍게 고개를 끄덕인 뒤 강동원은 와인드업 자세에 들어갔다. 그리고 포수 미트를 향해 힘껏 공을 내던졌다.

후앗!

강동원의 손끝을 빠져나간 공이 정확하게 홈 플레이트 가장자리를 걸치며 들어갔다.

"스트라이크!"

구심의 손이 여지없이 올라갔다.

'이 자식, 만만치가 않은데?'

아카호시 도모히로는 순식간에 사라져 버린 공을 지켜본 뒤 눈을 치떴다. 생각했던 것보다 공의 움직임이 훨씬 날카로웠다.

'2구는 한번 붙여보자.'

초구 스트라이크를 잡은 박상현이 2구째 몸 쪽 공을 요구했다.

퍼엉!

강동원은 이번에도 박상현의 미트 속에 정확하게 공을 집어넣었다. 어찌나 날카롭게 찔러 들어오던지 아카호시 도모히로가 깜짝 놀라며 허리를 뒤로 쭉 뺄 정도였다.

볼카운트 원 스트라이크 원 볼에서 강동원은 3구를 다시 몸 쪽으로 붙여 넣었다.

구종은 체인지업.

하지만 포심 패스트볼이 또다시 들어왔다고 여긴 아카호시 도모히로의 방망이가 돌아갔다.

타악!

방망이 끝에 걸린 타구가 백네트 쪽으로 날아갔다.

"젠장!"

강동원에게 속았다고 생각한 아카호시 도모히로가 질근 입술을 깨물었다.

그때.

후앗!

강동원의 손끝을 빠져나온 공이 큰 포물선을 그리며 한복판으로 날아들었다.

'실투다!'

아카호시 도모히로는 망설이지 않고 방망이를 휘둘렀다. 한가운데로 들어오는 변화구라면 제대로 맞춰내기만 해도 충분히 장타로 만들 수 있었다.

그런데 실투라고 여겼던 공이 어느 순간 땅이 꺼지듯 뚝 하고 떨어지더니 홈 플레이트 앞에서 바운드가 되어버렸다. 자연스럽게 아카호시 도모히로의 방망이는 허공을 가를 수밖에 없었다.

"뭐, 뭐야?"

아카호시 도모히로가 믿을 수 없다는 눈으로 고개를 돌렸다. 그러자 박상현이 완벽하게 블로킹해 낸 공을 집어 들고 아카호시 도모히로의 엉덩이를 태그했다.

"크으!"

아카호시 도모히로가 이를 악물며 타석에서 물러났다. 그러고는 대기 타석에서 기다리고 있던 2번 타자 와다 노리히로에게 말했다.

"저 녀석, 커브가 생각보다 좋아."

"흥, 그래 봤자 한국인이 던지는 커브잖아. 별거 없다고."

와다 노리히로는 자신만만한 말투로 타석에 들어섰다.

박상현이 와다 노리히로를 힐끔 보았다.

'이 녀석은 바깥쪽을 넓게 보고 치는 녀석이었지.'

일본에게 복수하기 위해 박상현은 그동안 모아놓은 데이터를 어제 밤새도록 외웠다. 그래서 일본 타자들에 대해서는 어느 정도 분석을 끝마친 상태였다.

가볍게 고개를 주억거리며 박상현이 다시 한 발자국 바깥으로 빠져 앉았다. 그리고 손가락 3개를 펼치며 미트를 까닥거렸다.

구종은 슬라이더다.

코스는 바깥쪽.

까다로운 공으로 와다 노리히로의 방망이를 끌어내자는 이야기였다.

사인을 받은 강동원이 고개를 끄덕였다. 그리고 글러브 안에서 슬라이드 그립을 고쳐 쥔 뒤 박상현의 미트를 향해 힘껏 던졌다.

후잇!

강동원의 손끝을 빠져나간 공이 한복판을 지나 바깥쪽으로 꼬리를 말았다. 그러자 와다 노리히로가 참지 못하고 방망이를 내돌렸다.

따악!

방망이 끝에 걸린 타구가 1루 관중석 쪽으로 휘어져 나갔다.

'역시!'

박상현이 고개를 주억거렸다. 데이터대로 바깥쪽 공이 들어오자 와다 노리히로의 방망이가 여지없이 빠져나왔다.

'좋아! 하나 더!'

박상현은 망설이지 않고 2구 역시 바깥쪽으로 빠지는 포심 패스트볼을 요구했다.

강동원은 박상현의 리드에 묵묵히 고개를 끄덕였다. 그리고 와인드업 자세에서 있는 힘껏 공을 내던졌다.

'바깥쪽!'

공의 코스를 파악한 와다 노리히로가 또다시 방망이를 휘둘렀다. 하지만 이번에도 방망이 중심에 맞춰내는 데는 실패했다.

덩달아 볼카운트가 불리해졌다.

투 스트라이크 노 볼.

'더 이상 바깥쪽에 휘둘리지 말자.'

와다 노리히로가 질근 입술을 깨물었다. 바깥쪽 공에 자신이 있다곤 하지만 투 스트라이크로 몰린 상황에서까지 무작정 바깥쪽만 노릴 수는 없는 노릇이었다.

하지만 박상현은 와다 노리히로를 상대로 불필요하게 유인구를 섞을 생각이 없었다.

'동원아! 끝내자!'

박상현이 곧바로 강동원에게 사인을 보냈다. 그리고 단단히 미트를 들어 올렸다.

사인을 확인한 강동원이 천천히 와인드업을 하였다. 그리고 몸 쪽으로 파고든 박상현의 미트를 향해 있는 힘껏 공을 내던졌다.

후앗!

바람소리와 함께 날아든 공이 와다 노리히로의 몸 쪽을 빠르게 찔러 들었다. 내심 변화구가 들어올 거라 예상했던 와다 노리히로는 방망이조차 휘두르지 못했다. 그렇게 허무하게 3구 삼진으로 물러나고 말았다.

—강동원 선수, 오늘 출발이 좋은데요.

—까다로운 일본의 테이블 세터를 연속 삼진으로 돌려세우고 있습니다.

—지난 경기 때는 포심 패스트볼보다는 커브의 구사 비율이 높았었는데요. 아직 경기 초반이긴 하지만 볼 배합이 조금 바뀐 듯한 느낌마저 듭니다.

—일본 대표 팀 타자들이 강동원 선수의 낙차 큰 커브에 대해서 어느 정도 대비를 하고 타석에 들어왔을 테니까요. 강동원 선수와 포수 박상현 선수가 영리하게 타자들의 허를 찌르는 것 같네요.

한국 중계석에서 극찬이 쏟아지는 사이 3번 타자 후쿠도메 요시노부가 타석에 들어섰다.

후쿠도메 요시노부는 4번 타자 다카하시 코스케와 더불어 일본의 미래를 책임질 거라는 기대를 모으는 타자였다. 하지만 극단적으로 잡아당긴다는 단점을 지적받고 있었다.

'드디어 이 녀석이로군.'

후쿠도메 요시노부의 등장에 박상현이 자리에서 일어났

다. 그리고 내야수 수비진들을 오른쪽으로 조금 이동시켰다. 프로야구에서나 봤을 법한 수비 시프트를 발동한 것이다.

“칫.”

후쿠도메 요시노부의 입에서 불만이 터져 나왔다. 수비수들이 자신의 안타 코스를 틀어막고 있으니 자신도 모르게 심기가 불편해진 것이다.

“좋아!”

수비 위치를 꼼꼼하게 확인한 뒤 박상현이 다시 자리에 앉았다. 그리고 초구부터 몸 쪽 사인을 냈다. 후쿠도메 요시노부의 타격 스타일상 몸 쪽으로 바짝 붙이는 공이 효과적일 거라고 판단했다.

물론 어정쩡한 코스로 들어오면 곧바로 장타로 이어질 가능성이 높았다. 하지만 요구한 대로만 들어온다면 설사 공을 때리더라도 1루를 벗어나는 파울이나 먹힌 땅볼 타구가 나올 가능성이 높았다.

사인을 확인한 강동원은 이번에도 가볍게 고개를 주억거렸다. 그리고 박상현의 미트를 향해 힘껏 공을 내던졌다.

후앗!

강동원의 손끝을 빠져나간 공이 후쿠도메 요시노부의 몸 쪽을 매섭게 파고들었다. 그러자 후쿠도메 요시노부도 질 수 없다며 곧바로 방망이를 휘둘렀다.

후웅!

단숨에 허리를 빠져나온 방망이가 공을 집어삼킬 듯 매섭게 달려들었다.

하지만.

퍼엉!

방망이보다 먼저 홈 플레이트를 꿰뚫고 지난 공은 박상현의 미트에 매섭게 파묻혀 버렸다.

"스트라이크!"

구심의 콜 소리가 요란스럽게 울렸다. 그러자 도쿄 돔 곳곳에서 아쉬움의 탄식이 터져 나왔다.

"크윽!"

후쿠도메 요시노부도 인정할 수 없다는 눈으로 강동원을 노려봤다.

그러는 동안 박상현은 손가락 두 개를 펼치며 몸 쪽으로 바짝 붙어 앉았다.

'빠른 공 하나 보여줬으니까 이제는 커브도 하나 보여줘야겠지?'

박상현은 2구째 몸 쪽 커브를 요구했다.

하지만 후쿠도메 요시노부는 몸 쪽을 파고드는 커브에도 꿈쩍하지 않았다.

게다가 구심도 공이 높다고 판단했다.

원 스트라이크 원 볼.

"후우……."

천천히 숨을 고르던 강동원이 힘껏 공을 내던졌다.

후앗!

강동원의 손끝을 빠져나간 공이 한복판을 지나 바깥쪽 홈플레이트 위를 스쳐 지나갔다. 후쿠도메 요시노부가 뒤늦게 방망이를 움직여 보려 했지만 그보다는 공의 움직임이 더 빨랐다.

퍼엉!

"스트라이크!"

묵직한 포구 소리와 구심의 콜 소리가 동시에 울렸다.

"크윽, 젠장. 이걸 놓치다니."

후쿠도메 요시노부의 입에서 탄식이 흘렀다. 표정을 보아하니 코스는 다르지만 포심 패스트볼을 노리고 있었던 모양이었다.

그렇게 또다시 유리하게 볼카운트를 만들어낸 박상현이 승부를 걸 듯 몸 쪽 높은 코스의 공을 요구했다.

구종은 포심 패스트볼.

평소보다 움직임이 좋은 강동원의 포심 패스트볼이라면 볼카운트가 몰린 후쿠도메 요시노부가 쉽게 공략하지 못할 거라 판단했다.

"좋아."

사인을 확인한 강동원이 고개를 끄덕였다. 그리고 후쿠도메 요시노부의 몸 쪽을 향해 힘껏 공을 내던졌다.

"왔다!"

후쿠도메 요시노부가 기다렸다는 듯이 방망이를 내돌렸다. 하지만.

후웅!

방망이는 애꿎은 허공만 스치고 지나갔다.

—대단합니다. 우리의 강동원 선수, 일본의 1, 2, 3번 타자를 내리 삼진으로 잡아냈습니다.

—그렇습니다. 오늘 강동원 선수의 컨디션이 정말 좋은 것 같습니다.

—아직 경기 초반이라 섣부른 판단일 수도 있겠지만 오늘 경기, 투수전 양상으로 진행이 될 것 같지 않습니까?

—조금 더 지켜봐야겠지만, 양 팀 선발 투수들의 투구를 보니 아마도 그리 될 것 같습니다.

—니시노 유카 선수도 강동원 선수의 투구에 자극을 받았을 것 같은데요.

—아마 그럴 가능성이 높습니다. 오늘 경기가 일본의 승리로 끝이 난다면 최우수 투수상을 니시노 유카 선수가 차지할

가능성이 높습니다만 반대로 우리 한국이 우승을 하면 강동원 선수가 받게 될 테니까요. 우승뿐만 아니라 최우수 투수상, 더 나아가 MVP까지 걸려 있는 대결일 테니 니시노 유카 선수도 이를 악물고 공을 던질 거라 생각됩니다.

한국 중계석의 예상대로 니시노 유카는 잔뜩 상기된 얼굴로 마운드에 올랐다. 아무래도 자신의 적수는 없다고 생각했다가 강동원의 투구를 보니 단단히 열이 받은 모양이었다.

그런 니시노 유카를 상대하기 위해 4번 타자 하석진이 타석에 들어섰다.

"또 저 녀석이군."

하석진을 확인한 니시노 유카의 표정이 와락 일그러졌다.

하석진은 지난 슈퍼라운드 때 니시노 유카를 가장 곤란하게 만든 청소년 대표 팀 타자들 중 하나였다. 게다가 호주와의 슈퍼라운드 마지막 경기에서 연타석 홈런포를 재가동하며 홈런 부분 단독 선두 자리에 올라서 있었다.

'유카, 까다롭게 승부해야 해.'

포수 다나시게 겐지가 사인을 보냈다.

"젠장."

니시노 유카가 마지못해 고개를 끄덕였다.

퍼엉!

초구는 바깥쪽 스트라이크존을 아슬아슬하게 파고드는 포심 패스트볼이었다.

하지만 하석진은 쓱 훑어보기만 할 뿐 방망이를 내밀지 않았다.

2구는 역으로 몸 쪽을 파고드는 슬라이더.

따악!

하석진이 매섭게 방망이를 휘둘렀지만 타구는 1루 측 관중석으로 휘어져 나갔다.

원 스트라이크 원 볼 상황에서 다나시게 겐지는 바깥쪽으로 흘러 나가는 유인구를 요구했다.

하지만 니시노 유카가 고개를 저었다. 하석진이 유인구를 걸러낸다면 볼카운트가 불리해질 수밖에 없었다.

'승부해야 해.'

최소 파울을 유도한다는 생각으로 니시노 유카는 3구째 포심 패스트볼을 몸 쪽에 찔러 넣었다. 그러나 처음부터 니시노 유카의 몸 쪽 빠른 공을 기다리고 있었던 하석진은 그대로 방망이를 내돌려 중견수 앞에 떨어지는 안타를 만들었다.

그리고 무사 1루 상황에서 5번 타자 최원진이 타석에 들어섰다.

'이번에야말로 꼭 보여줘야 해!'

최원진이 팔뚝의 근육이 꿈틀거릴 정도로 방망이를 움켜

쥐었다. 그의 머릿속은 안타를 치고 나가겠다는 일념에 가득 차 있었다.

지난 한일전 패배 이후 최원진은 중심 타자로서 제몫을 다하지 못했다는 비난에 시달려야 했다. 3번 타자 이진혁 역시 보여준 게 없다시피 했지만 하석진이 만든 찬스를 최원진이 살리지 못했다는 지적이 주를 이루었다.

그래서 최원진은 결승전을 앞두고 칼을 갈았다. 니시노 유카의 투구 영상을 몇 번이고 돌려보며 니시노 유카의 공에 익숙해지려 노력했다.

'빠른 공. 나한테도 빠른 공을 던져 보라고!'

최원진은 내심 니시노 유카의 포심 패스트볼이 들어와 주길 바랐다. 몸 쪽 코스도 좋고 바깥쪽 코스도 좋았다. 들어오기만 한다면 하석진보다 더 멋들어진 안타를 때려낼 자신이 있었다.

그런 최원진의 속내를 읽기라도 한 듯 니시노 유카는 상당히 신중하게 다나시게 겐지와 사인을 주고받았다. 그리고 1루 주자 하석진을 눈으로 견제한 후 재빠른 동작으로 공을 던졌다.

후앗!

니시노 유카의 손을 빠져나간 공이 정확하게 중앙으로 날아 들어왔다.

'몰렸다!'

최원진은 한복판으로 날아오는 공을 보고 그대로 방망이를 휘둘렀다. 딱 봐도 때리라고 던져 준 공인데 청소년 대표팀의 중심 타자로서 이걸 놓칠 수는 없다고 여겼다.

그런데 빠르게 날아들던 공이 살짝 꿈틀거리더니 이내 기묘한 무브먼트를 보이며 아래로 가라앉았다.

'젠장!'

깜짝 놀란 최원진이 팔을 쭉 뻗어내 공을 쫓았다.

하지만 방망이 밑동을 맞은 공은 숨이 죽은 채로 2루 쪽으로 굴러갔다.

"내가 잡을게!"

2루수 와다 노리히로가 재빨리 앞쪽으로 달려들어 와 공을 받아들었다. 그리고 언더 토스를 하듯 유격수 다니 가스히로에게 던졌다.

그리고 다니 가스히로는 공을 다시 1루수 다카하시 코스케의 글러브를 향해 내던졌다.

펑!

최원진의 발보다 공이 먼저 1루 베이스에 도달했다.

"크아아아아!"

1루에서 아웃이 된 최원진이 괴성을 지르며 안타까움을 드러냈다.

"아아……."

"젠장할."

조마조마한 눈으로 상황을 지켜보던 청소년 대표 팀 선수들의 입에서도 탄식이 터져 나왔다. 니시노 유카의 기를 꺾을 절호의 기회였는데 애석하게도 병살타가 나오고 말았다.

무사 1루 상황을 깔끔하게 탈출한 니시오 유카는 주자가 사라지자 다시 와인드업 포지션에서 공을 뿌려댔다. 그리고 6번 타자 임성진을 5구 만에 삼진으로 잡아내며 2회 초를 끝마쳤다.

4

"동원아, 너만 믿는다."

박준태 수석 코치가 강동원의 등을 두드리며 독려했다. 이 어수선한 분위기를 바꿔줄 수 있는 건 에이스인 강동원밖에 없었다.

"걱정 마세요, 코치님."

강동원이 씩 웃으며 마운드에 올랐다. 타석에는 일본 대표팀의 4번 타자 다카하시 코스케가 기다리고 있었다.

'힘 하나는 좋은 녀석이지.'

다카하시 코스케의 데이터를 되뇌며 강동원은 박상현의

사인을 기다렸다.

박상현은 초구에 바깥쪽 사인을 냈다.

구종은 포심 패스트볼.

잡아당기는 걸 좋아하는 다카하시 코스케라면 거를지도 모르는 공이었다.

강동원은 가볍게 고개를 끄덕였다. 그리고 박상현의 미트를 향해 힘껏 공을 내던졌다.

후앗!

강동원의 손끝을 빠져나간 공이 한복판을 지나 바깥쪽으로 향했다. 그러자 다카하시 코스케가 기다렸다는 듯이 방망이를 휘둘렀다.

따악!

방망이 윗동에 맞은 공이 그대로 백네트 쪽으로 튕겨져 나갔다.

"크으!"

다카하시 코스케가 아쉬움을 감추지 못했다. 내심 노리던 공이 들어왔는데 생각했던 것보다 강동원의 공이 훨씬 더 빠르게 날아들었다.

"후우……."

반대로 강동원과 박상현은 길게 한숨을 내쉬었다.

만에 하나 조금만 더 공이 가운데로 몰렸다면?

아마 타구는 백네트가 아니라 담장을 향해 날아가고 있을지도 몰랐다.

'괜찮아, 괜찮아. 침착하게. 하나씩 가자.'

박상현이 강동원을 독려하듯 가볍게 미트를 두드렸다. 그리고 2구째 사인을 냈다.

코스는 몸 쪽.

구종은 슬라이더.

몸 쪽 공을 한번 찔러서 다카하시 코스케의 노림수를 다시 한번 파악해 보자는 이야기였다.

하지만 강동원이 내던진 공이 지나치게 몸 쪽으로 꺾이면서 다카하시 코스케의 방망이를 끌어내는 데 실패했다.

그렇게 볼카운트가 원 스트라이크 원 볼이 되었다.

'이제 한번 흔들어 볼까?'

박상현은 크게 고민하지 않고 커브 사인을 냈다.

빠른 공을 연속 두 개 보여줬으니 한 번쯤 느린 커브로 다카하시 코스케의 타이밍을 빼앗을 필요가 있었다.

강동원도 그토록 기다리던 커브 사인이 들어오자 대번에 고개를 끄덕거렸다. 그리고 박상현의 미트를 향해 빠르게 공을 내던졌다.

그런데.

따악!

포심 패스트볼을 노리는 것처럼 굴던 다카하시 코스케가 커브볼에 정확하게 타이밍을 맞추며 방망이를 돌렸다.

낙폭 계산에 실패한 듯 공은 방망이 끝에 걸렸다. 그런데 행운이 따랐다. 크게 바운드가 되더니.

"어, 어어!"

반사적으로 앞으로 뛰어들었던 1루수 하석진의 키를 넘기는 내야 안타로 이어진 것이다.

뒤늦게 2루수 안상헌이 공을 잡았지만 그때는 이미 다카하시 코스케가 1루에 들어간 뒤였다.

"크아아아!"

일본 대표 팀의 첫 안타를 때려낸 다카하시 코스케가 1루 베이스를 밟은 채 크게 포효했다.

"다카하시이이!"

"잘했어! 바로 그거야!"

도쿄 돔을 찾은 일본 국민들도 한목소리로 환호성을 내질렀다.

다카하시 코스케가 1루에 출루하자 일본 벤치가 분주해졌다. 다른 투수 같았다면 힘으로 밀어붙였겠지만 1회 말, 일본의 세 타자를 전부 삼진으로 돌려세운 강동원이다 보니 아무래도 작전을 걸 수밖에 없는 분위기였다.

타석에 들어서려던 5번 타자 니오카 요시모토도 잠시 코치의 사인을 확인했다. 그리고 고개를 끄덕이며 타석에 들어섰다.

"아무래도 번트 사인이 나온 것 같은데요?"

"확실해?"

"네, 처음 보는 사인입니다."

"그렇다면 준비시키라고."

일본 벤치에서 작전을 건 듯하자 김운식 감독도 박준태 수석 코치를 통해 기습 번트에 대비하라는 주문을 냈다.

내야진들이 허리를 낮춘 상태로 전진 수비를 펼쳤다. 박상현도 쉽게 번트를 내주지 않겠다며 바깥쪽으로 살짝 빠져나가는 포심 패스트볼을 요구했다.

"후우……."

눈으로 1루 주자 다카하시 코스케를 견제한 뒤 강동원이 재빨리 투구 동작에 들어갔다. 그러자 니오카 요시모토가 기다렸다는 듯이 번트 자세를 취했다. 강동원의 손끝을 빠져나간 공이 바깥쪽으로 향했지만 니오카 요시모토는 망설이지 않고 방망이를 쭉 내밀며 정확하게 공을 맞춰냈다.

딱!

숨이 죽은 타구가 3루 쪽으로 데굴데굴 굴러갔다. 3루수 최원진이 재빨리 달려와 공을 잡았지만 다카하시 코스케의 스타트가 너무 좋았다.

"원진아! 1루로! 어서!"

상황을 살피던 박상현이 다급히 1루 베이스를 가리키며 소리쳤다.

최원진은 2루를 포기한 채 1루수 하석진의 글러브를 향해 공을 던졌다.

펑!

군더더기 없는 송구가 니오카 요시모토보다 먼저 1루 베이스에 도착했다.

그렇게 무사 1루 상황이 1사 2루로 바뀌었다.

오늘 경기 처음으로 스코어링 포지션에 주자가 나가게 된 것이다.

하지만 강동원은 표정변화가 없었다. 아웃 카운트와 진루를 맞바꿨으니 손해 보는 장사는 아니라며 담담하게 결과를 받아들였다.

그사이 6번 타자 이바타 미치히로가 타석에 들어왔다.

등 뒤에 서 있는 다카하시 코스케를 힐끔 바라본 뒤 강동원은 초구에 한복판으로 커브를 던졌다.

퍼엉!

크게 솟구쳤다가 뚝 떨어지는 궤적 앞에 이바타 미치히로는 차마 방망이를 내밀지 못했다.

"스, 스트라이크!"

구심도 놀란 듯 말을 더듬었다.

"헉! 뭐야, 저 자식!"

"한복판에 커브를 던지다니."

일본 대표 팀 선수들도 저마다 혀를 내둘렀다. 반면 청소년 대표 팀 코치들은 철렁했던 가슴을 쓸어내려야 했다.

"동원이 저 녀석, 정말 사람 놀라게 만드는 재주가 있다니까."

"지금 상황에서 한복판이라니. 하아……."

모두를 놀래킨 대담한 커브로 스트라이크를 잡은 뒤 강동원은 2구째 몸 쪽 높은 포심 패스트볼을 던졌다.

퍼엉!

솟구치듯 날아든 공이 박상현의 미트에 정확하게 꽂혀 들어갔다.

전광판 구속은 157km/h.

이바타 미치히로가 혀를 내두를 정도였다.

하지만 애석하게도 구심의 판정은 볼이었다. 충분히 스트라이크로 잡아줄 만한 공이었지만 포심 패스트볼의 무브먼트에 박상현의 미트가 흔들린 걸 프레이밍이라 오해한 모양이었다.

잠시 고심하던 박상현은 3구째 바깥쪽으로 떨어지는 체인지업을 요구했다.

가볍게 고개를 끄덕인 뒤 강동원이 박상현의 미트를 향해 공을 던졌다.

그런데 이번에도 공이 살짝 빠져 버렸다. 초반부터 바깥쪽으로 빠져나가다 보니 유인구로서의 목적을 상실해 버렸다.

퍼엉!

이바타 미치히로가 제자리에서 공을 지켜보면서 볼카운트는 원 스트라이크 투 볼로 바뀌었다.

'여기서 더 몰리면 안 돼.'

박상현은 힐끔 이바타 미치히로를 바라본 뒤 손가락을 바삐 움직였다.

구종은 슬라이더.

코스는 몸 쪽.

사인을 확인한 강동원이 고개를 끄덕인 후 곧바로 공을 던졌다.

후앗!

강동원의 손끝을 빠져나간 공이 이바타 미치히로의 몸 쪽으로 파고들었다. 그러자 이바타 미치히로가 기다렸다는 듯이 공을 잡아당겼다.

하지만 마지막 순간에 살짝 잠겨들어 간 공은 방망이 밑부분에 걸려 3루 쪽으로 굴러갔다.

"내가 잡을게!"

3루수 최원진이 앞으로 달려 나오며 공을 잡아 곧바로 1루로 던져 아웃을 시켰다. 그사이 2루 주자 다카하시 코스케는 3루까지 진루를 하였다.

2사 주자 3루.

폭투라도 나오면 한 점 들어올 수 있는 상황이었다.

"커브는 던지지 않는 게 좋겠습니다."

"제 생각도 같습니다. 만에 하나 공이 빠지기라도 하면 바로 한 점입니다."

김성식 코치와 김성희 코치는 앞다투어 볼 배합을 제한해야 한다고 말했다. 강동원이 거침없는 투구로 타자들을 상대한다는 걸 모르지는 않지만 이 상황에서는 안전한 게 최선이었다.

"일단 그렇게 전달하도록 해."

김운식 감독도 일리가 있다며 고개를 끄덕였다. 그러자 박준태 수석 코치가 김운식 감독을 대신해 박상현에게 폭투와 패스트볼을 조심하라고 사인을 보냈다.

그 주문이 박상현을 통해 다시 강동원에게 전해졌다.

"후우……."

길게 한숨을 내쉬며 강동원은 3루에 있는 다카하시 코스케를 바라보았다.

다카하시 코스케는 3루 베이스 밟고 가만히 서 있었다. 마치 리드를 크게 넓혀서 강동원의 신경을 거스를 생각이 전혀 없는 것 같았다.

'그래준다면 나는 고맙지.'

강동원은 애써 3루 주자에 대한 신경을 거두었다. 그리고 박상현에게 눈을 돌렸다.

청소년 대표 팀 더그아웃을 잠시 바라봤던 박상현이 이내 가랑이 사이로 손을 집어넣고 빠르게 손가락을 움직였다.

박상현의 초구 사인은 바깥쪽 포심 패스트볼이었다.

퍼엉!

강동원은 망설이지 않고 박상현의 미트에 공을 꽂아 넣었다. 타석에 들어선 7번 타자 다니 가스히로가 어깨를 움찔거려 봤지만 공은 일찌감치 홈 플레이트를 스쳐 지나가 버렸다.

"스트라이크!"

구심도 군말 없이 오른팔을 들어 올렸다.

원 스트라이크.

첫 카운트를 잡은 박상현이 2구째 바깥쪽으로 떨어지는 체인지업을 요구했다.

강동원은 이번에도 군말 없이 박상현이 요구하는 대로 공을 던졌다.

하지만 이번에는 다니 가스히로가 잘 참아냈다. 볼 배합상 하나 정도 유인구가 들어올 거라 생각한 게 적중한 모양이었다.

그렇게 다시 볼카운트가 원 스트라이크 원 볼로 바뀌었다.

'하나 더 잡고 들어가자.'

박상현이 3구째 몸 쪽으로 미트를 붙여 넣었다.

구종은 포심 패스트볼.

설사 다니 가스히로가 빠른 공을 노리더라도 타이밍을 맞추지 못할 거라 여겼다.

퍼엉!

예상대로 다니 가스히로는 정확하게 몸 쪽을 파고 든 강동원의 포심 패스트볼 앞에 꼼짝도 하지 못했다.

그런데.

"볼."

구심이 스트라이크를 잡아주지 않았다.

"뭔 소리야? 이게 볼이라고?"

박상현이 깜짝 놀라며 고개를 돌려 구심을 노려보았다.

하지만 구심은 박상현의 시선을 무시하며 가만히 서 있었다.

'뭐야? 벌써부터 장난질이라도 하겠다는 거야?'

박상현이 어처구니없다는 표정을 지었다. 일본에서 치러지는 대회이고 결승전인 만큼 홈 어드밴티지를 주는 거야 충분히 이해가 가능했지만 명확한 스트라이크를 볼이라 판정하는 건 해도 너무해 보였다.

덕분에 박상현의 머릿속도 복잡해졌다.

3구째 들어온 포심 패스트볼은 홈 플레이트를 아슬아슬하게 걸치는 공이었다. 그런데 이 공을 인정하지 않겠다면 앞으로 애매한 공은 전부 볼이 될 가능성이 높았다.

하지만 강동원은 구심의 판정에 큰 의미를 두지 않았다. 여기서 화를 내고 무너져 봐야 자신만 손해라는 걸 누구보다 잘 알고 있었기 때문이다.

"판정도 경기의 일부야."

강동원은 애써 스스로를 위로하며 박상현의 사인을 받았다.

잠시 뜸을 들이던 박상현은 4구째 몸 쪽으로 파고드는 커브를 원했다. 더 이상 볼카운트가 몰려서는 승부를 보기 어려우니 아예 강동원의 장기인 커브를 통해 카운트를 잡겠다는 계산이었다.

"좋아."

강동원이 가볍게 고개를 끄덕였다. 그리고 3루 주자 다카하시 코스케를 잠시 응시한 뒤 박상현의 미트를 향해 힘차게 공을 던졌다.

후앗!

강동원의 손끝을 빠져나간 공이 큰 각을 그리며 다니 가스히로의 몸 쪽으로 떨어졌다. 설마하니 커브가 들어올 줄은 예상하지 못했던지 다니 가스히로는 제자리에서 꼼짝도 하지 못했다.

"좋았어!"

박상현은 이번만큼은 스트라이크일 거라고 확신했다.

그러나 심판의 판정은 볼이었다.

"뭐? 또 볼이라고?"

"저 심판 뭐야?"

"진짜 짜증나네. 일본한테 돈이라도 받은 거야?"

심판이 스트라이크를 선언하지 않자 청소년 대표 팀 더그아웃이 발칵 뒤집혔다.

강동원의 얼굴에도 옅은 짜증이 번졌다. 어지간하면 참고 넘어가려고 했지만 이런 식으로 판정을 한다면 투수로서 공을 던질 수가 없었다.

박상현도 보란 듯이 미간을 찌푸렸다. 바로 앞선 이닝 때 잡아줬던 공을 전부 볼이라고 선언하고 있었다.

"후우……."

길게 숨을 내쉬며 박상현이 마음을 가라앉혔다. 그리고 강동원에게 수신호를 보냈다.

'동원아, 아무래도 애매한 공은 다 볼로 할 모양인 것 같으니까 스트라이크존을 좀 좁히자.'

사인을 통해 박상현의 속내를 읽은 강동원도 이내 고개를 주억거렸다.

이렇게 된 이상 아슬아슬한 공을 던지는 건 금물이었다. 원 스트라이크 쓰리 볼로 몰려 있긴 하지만 다니 가스히로 타석에서 어떻게든 이닝을 미무리 지을 필요가 있었다.

잠시 숨을 고른 뒤 강동원이 박상현의 미트를 향해 침착하게 공을 던졌다.

후앗!

강동원의 손끝을 빠져나간 공이 바깥쪽 홈 플레이트를 향해 날아갔다. 그러자 다나 가스히로가 망설이지 않고 방망이를 내돌렸다.

따악!

방망이 끝 부분에 걸린 타구가 1루 관중석 쪽으로 크게 휘어 날아갔다.

"크으!"

타구를 바라보며 다나 가스히로가 아쉬움을 되삼켰다. 앞선 타석에서 본 커브 때문인지 방망이를 빼내는 타이밍이 좀 늦고 말았다.

그 사이 전광판의 램프에 모든 불이 들어왔다.

투 아웃. 투 스트라이크 쓰리 볼.

사인을 교환한 강동원이 있는 힘껏 투구판을 박차고 나

갔다.

후앗!

강동원의 손끝을 빠져나간 공이 큰 포물선을 그리며 또다시 한복판으로 날아들었다.

'역시!'

어느 정도 예상을 하고 있었던지 다나 가스히로가 타이밍을 늦추며 방망이를 내돌렸다.

하지만 커브의 낙차는 다나 가스히로가 생각한 것보다 훨씬 더 컸다.

딱!

방망이 끝 부분에 걸린 타구가 내야로 높이 치솟았다. 그러자 2루수 안상헌이 두 팔을 벌리며 안 쪽으로 달려 들어왔다.

강동원은 마운드에서 내려와 눈으로 공을 좇았다. 그러다 공이 안상헌의 글러브 안으로 쏙 들어가자 글러브를 두드리며 환호했다.

–쓰리 아웃! 강동원 선수. 2사 3루의 위기를 벗어납니다.

–배짱 좋게 한가운데로 커브를 던졌는데 다니 가스히로 선수가 제대로 맞혀내지 못했습니다.

–그래도 조금 위험하지 않았나 싶었는데요.

―볼카운트가 풀카운트 상황이라 강동원 선수로서도 다른 방법이 없었을 겁니다. 꽉 찬 공을 구심이 잡아주지 않고 있으니까요.

―어쨌든 어렵게 위기를 넘겼으니 타자들도 힘을 내주길 바라겠습니다.

위기 다음에 기회라는 야구 격언처럼 한국 중계진은 3회 초 공격 때 청소년 대표 팀이 한 점이라도 점수를 뽑아내 주길 바랐다.

하지만 타순이 좋지 않았다. 지난 슈퍼라운드 때도 니시노 유카에게 꽁꽁 틀어 막혔던 하위 타자들은 결승전이라고 해서 달라지지 않았다.

니시노 유카는 7번 타자 강성원을 4구 만에 삼진으로 돌려세웠다. 초구와 2구, 바깥쪽 포심 패스트볼과 슬라이더로 스트라이크를 잡은 뒤 3구째 커브로 시선을 빼앗고 4구째 다시 포심 패스트볼을 몸 쪽으로 찔러 넣어 강성원을 꼼짝도 못하게 만들었다.

뒤이어 타석에 들어 선 8번 타자 박상현도 니시노 유카의 빠른 공에 타이밍을 맞추지 못했다. 초구와 2구째 들어온 유인구성 슬라이더를 잘 골라냈지만 3구째 몸 쪽을 파고든 커브에 스트라이크를 내준 뒤 4구 바깥쪽 체인지업을 건드려 유격수 땅볼로 물러나고 만 것이다.

니시노 유카는 9번 타자 황선주를 다시 삼진으로 돌려세우고 이닝을 마쳤다.

그러자 강동원도 지지 않겠다며 이를 악물었다. 지난 이닝에서 실점 위기를 맞긴 했지만 흔들리지 않고 매섭게 공을 내던졌다.

8번 타자 포수 다나시게 겐지를 상대로 강동원은 포심 패스트볼 3개를 연달아 던져 투 스트라이크를 잡아냈다. 그리고 4구째 각이 작은 변종 커브를 던져 다나시게 겐지를 헛스윙 삼진으로 돌려세웠다.

9번 타자 니오카 신야는 삼진을 당하지 않겠다며 초구부터 적극적으로 방망이를 내돌렸다. 그러다 4구째 몸 쪽으로 깊숙이 꺾여 들어오는 슬라이더를 건드렸다가 2루수 앞 땅볼로 물러나고 말았다.

두 번째 타석에 들어선 1번 타자 아카호시 도모히로는 2구째 들어온 포심 패스트볼에 기습 번트를 시도했다.

따악!

숨이 죽은 타구가 3루 파울라인 선상을 따라 굴러갔다. 그러자 3루수 최원진이 빠르게 달려와 맨손으로 공을 움켜쥐었다. 그리고 곧바로 1루를 향해 내던졌다.

아카호시 도모히로가 번트와 동시에 1루를 향해 내달렸지만 그보다 최원진의 송구가 먼저 1루 베이스에 도착했다.

"아웃!"

1루심이 가볍게 오른손을 들어 올렸다.

"아자!"

주자가 아웃이 된 것을 확인하고 최원진이 주먹을 불끈 쥐어 보였다.

"좋아, 나이스 최원진!"

"자식! 제법인데. 멋졌어."

최원진이 더그아웃으로 들어오자 청소년 대표 팀 동료들이 한 목소리로 반겨주었다.

"왜들 그래? 나 최원진이야. 그 정도 수비는 껌이라고."

수비에서나마 제몫을 다했다는 게 신이 났던지 최원진이 한껏 거들먹거렸다.

"뭐래? 이 자식 기껏 칭찬해 줬더니."

"야! 저리 꺼져. 재수 없어!"

최원진을 추켜세우던 동료들이 언제 그랬냐는 듯 태도를 바꿨다. 그러나 최원진은 전혀 기분 나쁘지 않았다. 오히려 덕분에 긴장이 조금씩 풀어지는 기분이었다.

그렇게 최원진의 호수비 하나로 청소년 대표 팀의 분위기가 달라졌다. 그리고 4회 초 청소년 대표 팀의 공격이 시작됐다.

"후우……."

길게 숨을 고르며 1번 타자 강덕진이 타석에 들어섰다.

슥. 스윽.

발로 가볍게 타석을 고르던 강덕진이 평소보다 홈 플레이트 쪽으로 바짝 붙어 섰다.

'어디 자신 있으면 몸 쪽으로 던져 봐!'

강덕진이 매서운 눈으로 니시노 유카를 바라봤다. 만약 몸 쪽으로 깊숙한 공이 들어온다면 맞고서라도 출루를 할 생각이었다.

그런 강덕진의 도발이 부담스러웠을까. 니시노 유카가 초구를 바깥쪽으로 던졌다. 그 순간.

'왔다!'

타격 자세를 잡고 있던 강덕진이 곧바로 기습 번트 자세를 취했다.

"젠장!"

"번트다!"

일본의 1루수와 3루수가 화들짝 놀라며 황급히 앞으로 달려왔다. 투수인 니시노 유카도 마찬가지였다. 투구 동작이 무너지는 중에도 타구에서 눈을 떼지 못했다.

탁!

하지만 방망이 끝 부분에 걸린 공은 곧바로 파울라인을 벗어났다.

구심에게 공을 건네받은 포수 다나시게 겐지가 니시노 유카에게 공을 던졌다. 공을 받은 니시노 유카는 한 차례 강덕진을 째려보고는 마운드로 올라갔다.

'설마 두 번 연속으로 기습 번트를 시도하지는 않겠지.'

다나시게 겐지와 사인을 주고받은 뒤 니시노 유카는 애써 마음을 가라앉히며 투구 동작에 들어갔다. 그때 강덕진이 또다시 기습 번트 자세를 취했다. 그 바람에 투구 밸런스가 흐트러지면서 공이 낮게 제구가 되었다.

하지만 강덕진은 번트를 대지 않았다. 공이 빠지자 기다렸다는 듯이 방망이를 그대로 뒤로 뺐다.

"크으으!"

강덕진의 연이은 도발에 니시노 유카의 얼굴이 확 바뀌었다.

'지금 날 가지고 논다 이거지? 건방진 새끼 어디 두고 봐.'

니시노 유카는 자신을 농락한 강덕진을 이대로 내버려 둘 수가 없었다. 그래서 위협구를 던져 깜짝 놀라게 만들고 싶었다. 심판의 눈에 거슬리지 않을 정도로 말이다.

포수 다나시게 겐지도 어느 정도 동의를 했다. 그렇지 않아도 강덕진이 타석에 바짝 붙어 있는 것이 신경 쓰이던 차였다.

'좋아, 이쪽으로 던져!'

포수 다나시게 겐지가 몸 쪽으로 바짝 붙어서 앉았다. 니시노 유카가 고개를 끄덕이며 포심 패스트볼 그립을 쥐었다.

'그러니까, 이 건방진 한국 놈아. 날 도발하지 말란 말이야.'

속으로 빠득 이를 갈며 니시노 유카가 힘껏 공을 던졌다.

후앗!

니시노 유카의 손을 빠져나간 공이 곧장 강덕진의 몸 쪽으로 날아갔다. 그러자 강덕진이 요령껏 허리를 뒤로 쭉 빼며 피했다.

퍼엉!

강덕진을 스쳐 지난 공이 포수 미트에 빨려 들어갔다. 그 순간 강덕진이 재빨리 구심에게 말했다.

"데드볼! 데드볼!"

강덕진이 자신의 옷자락을 흔들어 댔다. 허리를 뒤로 빼면서 유니폼 가슴이 앞으로 흘러 나왔는데 그때 공이 옷을 스치고 지나갔다는 것이다.

살짝 미간을 찌푸리던 구심이 이내 고개를 주억거렸다. 노골적인 위협구였고 옷에 스치는 소리까지 들었으니 아니라고 부정할 수 없었다.

"데드볼!"

결국 구심이 손가락을 1루 쪽으로 가리키며 말했다.

"나이스!"

강덕진이 방망이를 던지며 소리쳤다. 그러고는 니시노 유카를 놀리듯 당당하게 1루 쪽으로 뛰어갔다.

'저 새끼가, 저러려고…….'

출루하는 강덕진을 바라보며 니시노 유카가 다시 한번 얼굴을 일그러뜨렸다.

기습 번트와 페이크 번트, 그리고 타석에 바짝 붙은 것까지 모두 자신을 도발하기 위한 함정이라는 것을 이제야 깨달은 것이다.

"후우……."

마운드를 내려간 니시노 유카가 크게 심호흡을 했다. 짜증도 나고 화도 났다. 저런 얕은 도발에 넘어갔다는 사실이 수치스러웠다.

하지만 한편으로는 저렇게까지 할 수밖에 없는 한국 청소년 대표 팀의 사정도 이해가 갔다.

'어떻게든 날 이겨보겠다 이거지? 오냐, 제대로 상대해주지.'

마음을 정리한 뒤 니시노 유카가 다시 마운드 위에 올라섰다. 어느새 그의 얼굴에는 특유의 자신감 가득한 표정이 돌아와 있었다.

그사이 2번 타자 안상현이 타석에 들어왔다.

'보나마나 번트야.'

다나시게 겐지는 몸 쪽으로 빠른 공을 붙여 넣으라고 주문했다. 세트 포지션 상태에서도 니시노 유카의 포심 패스트볼은 150㎞/h를 상회했다. 거기에 제구까지 갖추고 있으니 무턱대고 번트를 대지는 못할 거라 여겼다.

하지만 정작 니시노 유카는 번트를 대려면 대보라며 한복판으로 공을 던졌다. 그러자 안상헌도 마다하지 않고 정확하게 번트를 가져다 댔다.

딱!

정확하게 공의 숨을 죽인 뒤 안상헌이 재빨리 1루로 뛰었다. 그사이 자신의 앞으로 굴러온 공을 니시노 유카가 잡아냈다.

"유카! 1루로!"

니시노 유카는 다나시게 겐지가 시키는 대로 1루로 던져 안상헌을 아웃을 시켰다.

그렇게 아웃 카운트와 주자의 진루를 맞바꿨다. 그리고 3번 타자 이진혁이 타석에 들어왔다.

등 뒤에 주자가 서 있었지만 니시노 유카는 흔들리지 않고 공을 내던졌다.

초구에 몸 쪽 꽉 찬 포심 패스트볼을 던져 스트라이크를 잡아냈다. 2구째 바깥으로 흘러나가는 슬라이더로 이진혁을 한 번 유인해 본 뒤 3구째 몸 쪽 하이 패스트볼을 던져 파울을 이끌어 냈다.

볼카운트 투 스트라이크 원 볼.

궁지에 몰린 이진혁을 유혹하듯 4구째 바깥쪽 코스로 서클 체인지업이 날아들었다.

이진혁은 절로 어깨가 움찔거리는 걸 가까스로 참아내었다. 다행히 구심의 판정도 볼이었다.

그렇게 투 스트라이크 투 볼 상황에서 니시노 유카가 5구째 바깥쪽 슬라이더를 던졌다.

후앗!

포심 패스트볼처럼 공이 바깥쪽 스트라이크존을 향해 날카롭게 날아들자 이진혁은 망설이지 않고 방망이를 내돌렸다.

따악!

방망이 끝 부분에 걸린 타구가 곧장 2루수 와다 노리히로 앞으로 날아갔다. 와다 노리히로가 바운드를 맞추기 위해 앞으로 달려 나갔지만 갑자기 타구가 튀어 오르면서 공을 옆으로 흘리고 말았다.

"와다! 뒤쪽이야!"

"뒤를 봐!"

동료들의 목소리에 와다 노리히로가 재빨리 자세를 고쳐

잡으며 공을 집어 들었다. 하지만 그때는 이미 이진혁이 1루 베이스 코앞까지 도달한 상태였다.

"젠장!"

와다 노리히로는 1루로 공을 던지는 것을 포기했다. 괜히 던졌다가 악송구라도 나오면 주자들을 한 베이스씩 더 진루시킬 수 있었다.

그렇게 2사 3루가 되어야 할 상황이 1사 1, 3루로 바뀌었다.

"크아아아아!"

"잘했어! 진혁아!"

"좋아, 좋아! 일본이 흔들린다!"

청소년 대표 팀 선수들이 박수를 치며 소리쳤다. 행운이 따르긴 했지만 내야 안타를 때려낸 이진혁도 1루 베이스를 밟고 기뻐했다.

분위기를 살피던 와다 노리히로는 니시노 유카에게 직접 다가가 공을 건넸다.

"미안하다, 유카."

"괜찮아. 그래도 그 정도로 막아낸 것이 다행이지."

"그래도 내가 좀 더 잘했다면……."

"됐어, 와다. 내가 한 점도 주지 않으며 돼. 그게 에이스의 역할이니까."

다행히 니시노 유카는 크게 동요하지 않았다. 아웃 카운트를 잡아냈다면 좋겠지만 아쉬운 실책이 나왔다 해도 떠안고 가는 게 에이스의 자세였다.

"후우……."

길게 숨을 고르며 니시노 유카가 타석을 바라봤다. 타석에는 한국 청소년 대표 팀 타자들 중에 가장 까다로운 4번 타자 하석진이 방망이를 들고 기다리고 있었다.

"이번에는 놓치지 않는다."

니시노 유카와 눈이 마주치자 하석진이 질근 입술을 깨물었다.

1루와 3루에 주자가 서 있었다. 지금이야말로 청소년 대표 팀이 앞서갈 수 있는 절호의 기회였다.

청소년 대표 팀의 4번 타자로서 하석진은 이 기회를 놓치고 싶지 않았다.

'내 공을 때리고 싶은 모양인데 어림없다!'

하석진의 속내를 읽은 니시노 유카가 코웃음을 쳤다. 그러더니 주자들을 신경도 쓰지 않은 채 홈 플레이트를 향해 곧장 공을 내던졌다.

후앗!

니시노 유카의 손끝을 빠져나간 공이 곧장 하석진의 몸 쪽을 파고들었다.

"어딜!"

하석진이 기다렸다는 듯이 방망이를 내돌렸다.

따악!

묵직한 타격음과 함께 공이 하늘 높이 치솟았다. 순간 양 팀 선수들의 시선이 타구를 좇듯 움직였다.

만약 이대로 타구가 담장을 넘어가 버린다면 결승전 분위기는 한국 쪽으로 완전히 기울 수밖에 없는 상황이었다.

하지만 계속해서 뻗어 나가던 타구는 마지막 순간에 회전이 걸린 듯 폴대 바깥쪽으로 휘어져 나갔다.

"파울, 파울!"

1루심이 양팔을 흔들며 파울을 선언했다.

"으아아아아아!"

"젠자아앙!"

대한민국 더그아웃 곳곳에서 안타까움의 탄성이 터져 나왔다.

파울 홈런을 친 하석진도 아쉬운 것은 마찬가지였다.

"분명 손에는 감각이 없었는데."

하석진이 자신의 손을 내려다보았다. 분명 맞는 순간 느낌은 홈런이었다.

"포심 패스트볼이 아니었던가?"

하석진이 힐끔 니시노 유카를 바라보았다. 그러자 니시노 유카가 보란 듯이 슬쩍 입가를 비틀어 올렸다.

“저 녀석, 대체 뭘 던진 거지?”

니시노 유카의 공에 의문을 갖는 건 하석진만이 아니었다. 강동원도 포심 패스트볼과 묘하게 달랐던 공의 움직임에 미간을 찌푸렸다.

포크 볼이라고 하기에는 별다른 무브먼트가 없었다. 그렇다고 슬라이더로 보는 것도 무리였다.

분명 포심 패스트볼의 일종이었다. 다만 어떤 이유에서인지 평소와 다른 회전이 걸려 버렸다.

‘우연히 하나 들어온 거겠지. 만약 새로운 구종을 들고 나온 거라면 골치 아파져.’

강동원이 날카로운 눈으로 니시노 유카를 바라봤다. 그 순간.

후앗!

니시노 유카가 2구를 내던졌다.

따악!

이번에도 하석진은 방망이를 내돌려 공을 맞춰냈다. 타이밍이 조금 늦긴 했지만 공은 방망이 중심부 근처에 걸려들었다.

“하나만 더!”

하석진은 니시노 유카가 다시 정면 승부를 걸어와 주길 바랐다. 하나만 더 비슷한 공이 들어온다면 이번만큼은 담장까지 타구를 날려 버릴 자신이 있었다.

그런 하석진의 속내를 읽은 것일까.

"흐아앗!"

날카로운 기합성을 내지르며 내던진 니시노 유카의 빠른 공이 또다시 몸 쪽을 파고들었다.

"좋았어!"

하석진도 지지 않고 방망이를 내돌렸다. 두 번의 파울로 타이밍을 얼추 맞춰냈으니 이번만큼은 분명 방망이 중심에 걸릴 거라고 기대했다.

하지만.

퍼어엉!

경기장을 울린 건 묵직한 타격음이 아니라 미트를 찢을 듯한 포구 소리였다.

to be continued

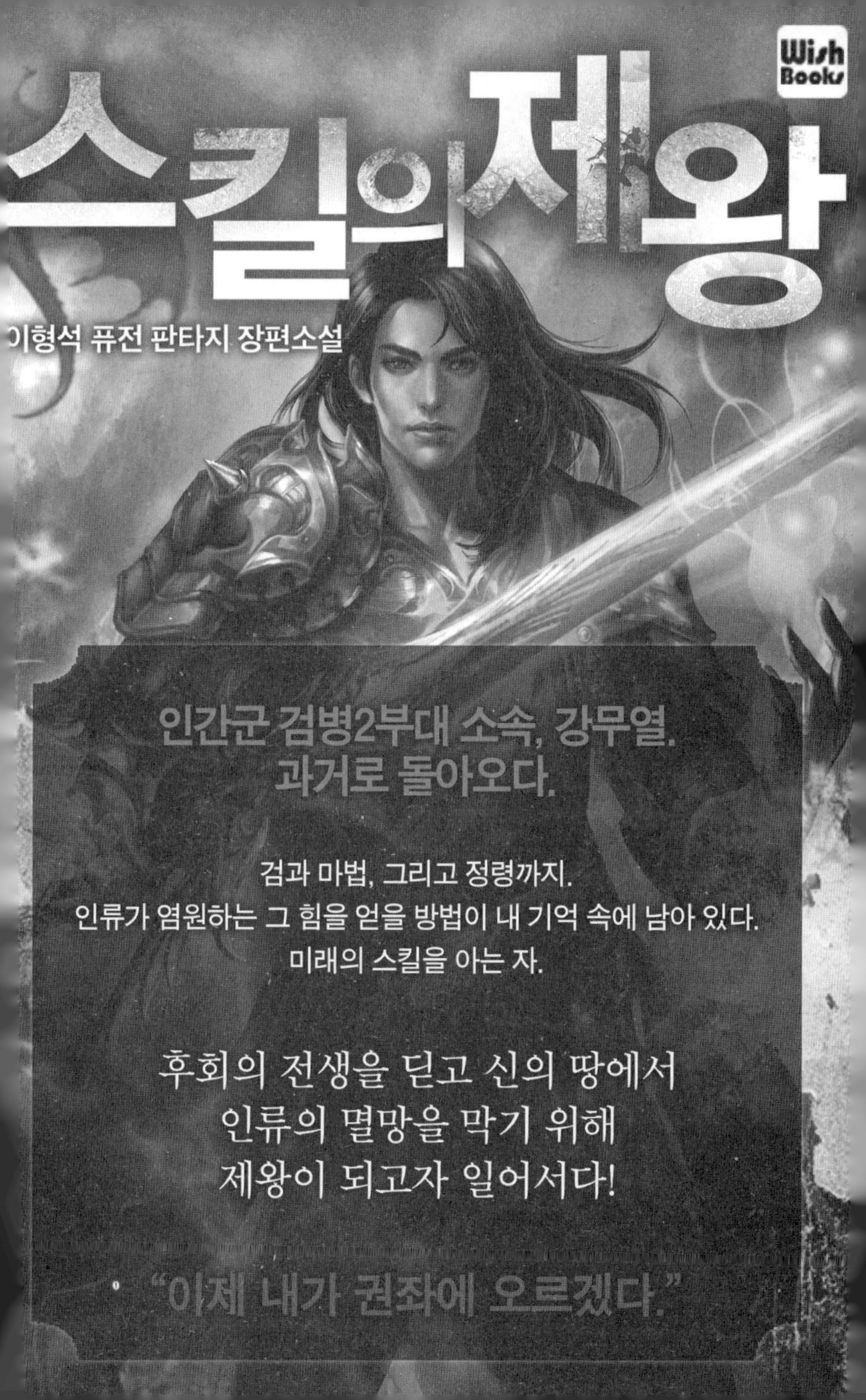
Wish Books
스킬의 제왕
이형석 퓨전 판타지 장편소설
인간군 검병2부대 소속, 강무열.
과거로 돌아오다.
검과 마법, 그리고 정령까지.
인류가 염원하는 그 힘을 얻을 방법이 내 기억 속에 남아 있다.
미래의 스킬을 아는 자.
후회의 전생을 딛고 신의 땅에서
인류의 멸망을 막기 위해
제왕이 되고자 일어서다!
"이제 내가 권좌에 오르겠다."

Wish Book

내 안에 몬스터 있었다

형상준 현대 판타지 장편소설

태양의 흑점 폭발과 함께 새로운 시대가 찾아왔다!

마나와 능력자, 그리고 몬스터가 존재하는 현대.
그리고 그곳을 살아가는 마나석 가공 판매업자 김호철.
평소처럼 마나석을 탄 꿀물을 마시던 그는
번개에 맞고 신비로운 힘을 각성하게 되는데…….

'내 안에서 몬스터가…… 나왔다?'

그것도 김호철이 먹은 마나석의 개수만큼 많이.